Lars D. Unger

Freitag Nacht

www.e3v.de

Lars D. Unger
# Freitag Nacht

Roman

2

Herstellung & Verlag
Books on Demand GmbH, Norderstedt
(Dieses Buch wurde im On-Demand-Verfahren hergestellt.)
Korrektorat: Books on Demand
Fotografie: T. Donig (www.visuelle-werkstatt.de)
Gestaltung, Satz und Layout: e3v.de
Copyright: © 2005 Lars D. Unger
Illustrationen: Lars D. Unger

ISBN: 3-8334-3499-6
Printed in Germany 2005

Personen sowie Namen und Handlungen sind frei erfunden. Ähnlichkeiten mit Personen sind rein zufällig und unbeabsichtigt!

**Für meinen
kleinen dicken Mann!**

## Die fünfte Sternschnuppe

Ich schaue in den Nachthimmel. So klar – ob er jemals so nah gewesen ist?

Die Sterne groß wie Tennisbälle, andere wiederum haben nur die Größe von Golfbällen oder Murmeln.

Ist das die Milchstraße – und das da? Ich glaube, das ist das Sternbild des Orion. Ich bin mir nicht sicher, ist auch egal, dafür ist es zu schön! Tausende, nein Millionen dieser kleinen Lichtpunkte bedecken den Himmel – was für eine Aussicht!

„Und jetzt fehlt nur noch eine Sternschnuppe und es wäre wie ein Traum." Diesen Gedanken habe ich noch nicht zu Ende gedacht, da kommen in kurzen Abständen gleich zwei Sterne vom Himmel gefallen.

Beide ziehen einen langen weißen Faden, wie ein Flugzeug, das bei hellblauem, klarem Himmel einen Kondensstreifen hinter sich herzieht. Es kann nur ein Traum sein, ich hoffe, er geht nie vorüber.

Ich stelle mir immer wieder die Frage, wohin die Flugzeuge fliegen, wenn sie dort oben über mir hinwegziehen. Wäre es nicht schön, dort oben in einer dieser Kisten zu sitzen um alles hinter sich zu lassen? Irgendwohin, ohne Rücksicht!

Ob das jemand gehört hat und die Sternschnuppe geschickt hat, um mir zu zeigen, dass ich erhört wurde? Warum denn gleich zwei Sternschnuppen? Vielleicht schenkt mir dieser Jemand, wenn es ihn gibt, noch einmal eine oder zwei von diesen Schnuppen? Bis jetzt habe ich erst vier davon gesehen.

Ich lag mit Freunden auf meiner Motorhaube, wir rauchten zusammen eine Zigarette, die wir uns für diesen Moment gedreht hatten, warteten und schauten mehrere Stunden in den Himmel, ohne auch nur ein Wort zu sagen.

Ich glaube, wir hatten uns damals, ohne etwas zu sagen, mehr gesagt als je zuvor. Wir lagen bis zum Morgengrauen auf meinem Auto. In den darauf folgenden Tagen sahen wir uns immer weniger, bis wir uns schließlich nur noch kurz grüßten. Es war der Anfang vom ...? Ja, genau! Es trennte uns das Erwachsenwerden von der Jugend und der Kindheit, die wir gemeinsam erlebt hatten; viele schöne und traurige Stunden, die wir gemeinsam erfuhren. Wir fielen wie Sternschnuppen vom Himmel und beim Herabfallen trennten sich unsere Wege. Und heute sind es Erinnerungen. Erinnerungen, die zum größten Teil verblasst sind, bis wir sie alle komplett vergessen haben. Man müsste sich jeden dieser Augenblicke aufschreiben – damals wie heute. Das macht mich traurig und ich könnte weinen. Schade!

Es kommt in unserem Leben immer wieder einer dieser Zeitpunkte, wo wir uns trennen, trennen von Dingen, die wir lieben und hassen.

Und der Himmel, das Universum, das ist Milliarden und

Abermilliarden von Jahren alt und erzählt immer wieder dieselbe Geschichte – auch dann, wenn einer der Sterne zu Boden fällt. Die Unendlichkeit und Weite, die keiner von uns kennt – niemand! Oder vielleicht doch? Sind wir uns näher, als wir denken?

Ich schließe kurz meine Augen.

Der kühle Nachtwind lässt den Schweiß trocknen, der auf meiner Stirn liegt, und es ist sehr erfrischend und angenehm zugleich.

Als ich meine Augen öffne, fällt noch einer der Sterne zu Boden. Ich strecke meine Arme aus, um die dritte Schnuppe zu fangen. Ich muss lachen. Wer hätte das gedacht, drei in weniger als zehn Minuten. Es scheint grotesk. Ich liege hier, und dass ich hier liege, ist noch nicht einmal Absicht – und dann habe ich die schönste Aussicht nach oben – in den Himmel – in die Unendlichkeit des Weltalls.

Als Kind wollte ich Astronaut werden, einer dieser Piloten, die in diesen riesigen Raketen sitzen und zum Mond fliegen. Ich baute alle Arten von Raketen und Raumschiffen aus Lego, alle Arten, die man sich erdenken kann. Ich baute mir sogar vor dem Schlafengehen aus meinem Bettzeug eine Raumkapsel. Mit Taschenlampe und Stofftieren bestückt ging ich auf unendliche Reisen ins All, an Jupiter vorbei und wieder zurück Richtung Saturn und Uranus. Simulierte Notlandungen auf fremden, noch nie da gewesenen Planeten, und wenn alle schliefen, landete ich und bewegte mich mit einem Baseballhandschuh auf dem Kopf. Oh Gott, das war mein Schutzhelm – welche Improvisation.

Ich fange an zu lachen. Mit gelben Gummistiefeln – das

waren meine Moonboots – stapfte ich schwerelos durch die dunkle Wohnung, natürlich mit Taschenlampe. Die war kurz meine A-F-H-S-L-L-P, also „Atomfluthalogenscheinwerfe rlichtlaserpistole". Eine extrem gefährliche Waffe, die sich gleichzeitig auch in ein perfektes Laserschwert verwandeln konnte.

Einmal landete ich auf Aranius, einem Planeten, der nur aus Wasser bestand. Ein Notruf sagte mir, dass ich vorsichtig sein solle; böse Meeresbewohner würden fremde Besucher überfallen! Meinem blauen Plüschkrokodil Fred fehlte ein Knopfauge, und das ist genauso ein Monstrum gewesen. Und beim Besuch auf Aranius kam es unerwartet durch die Bettdecke hindurch. Zum Glück hatte ich auf meinen Reisen immer meinen Lurchi dabei, meinen mutigen Feuersalamander. Bei diesem Kampf gegen Fred – das blaue Plüschkrokodil – hatte sich Lurchi tapfer geschlagen und den Angreifer in die Flucht getrieben. Eine schwere Verletzung am Bauch konnte ich noch rechtzeitig verarzten. Die Schaumstoffinnereien quollen heraus, aber ich war der beste Plüschtierchirurg in der gesamten Galaxis. Lurchi überlebte – wie immer!

Oh Mann, wie bescheuert. Und ich muss wieder lachen, was mir plötzlich sehr wehtut. Ich muss husten, sehr stark. Mein Atem stockt und ich bekomme für einen Moment keine Luft mehr. Meine Brust schmerzt wie wahnsinnig. Es ging alles so schnell. Warum?

Ich schließe kurz meine Augen, bis der Schmerz vorbei ist. Als ich sie wieder öffne, sehe ich ein Flugzeug am Himmel. An den Flügeln blinken kleine Lichter. Und wieder fällt eine

Sternschnuppe vom Himmel herab.

Was wird das nur für ein Anblick sein, so nah. Pilot müsste man sein. Wie viele hundert Sternschnuppen haben die schon gesehen? Ich glaube, dass die Jungs da oben diesen Anblick nicht annähernd so schön finden wie ich. Der Gedanke macht mich wieder traurig. Das ist jetzt die vierte – wundervoll. Ob es jemanden gibt, der so etwas wie ein Feuerwerk in Form von Sternschnuppen zündet? Ein Gedanke, der mir gefällt – das würde ich auch gern machen!

Vielleicht bin ich dem Himmel schon viel näher, als ich dachte. Aber das will ich doch nicht hoffen. Warum ist bis jetzt noch niemand gekommen?

Es ist doch eine halbe Ewigkeit her, dass ich hier liege. Es ist so abstrus, dass ich hier so daliege und über den klaren, dunklen Nachthimmel philosophiere. Es ging alles so rasend und ich konnte noch nicht einmal was dazu. Mich wundert, dass ich noch so klar denken kann, dass ich diesen Moment für mich eigentlich nicht wirklich erlebt habe.

Bestimmt, weil tatsächlich alles so schnell ging. Oder es ist wirklich ein Traum – und ich sehe wieder in einen Spiegel, der den Himmel wiedergibt, und ich schaue in tausend Augen, die mich beobachten. Bin ich vielleicht kurz davor durchzudrehen? Das kann doch nicht wahr sein! Es dreht sich alles – der Himmel, der Wahnsinn, oder ist es einfach ein Zustand von Schock? Ich möchte es eigentlich nicht wissen. Alles war so schön.

Eine Frau mit ausgestrecktem Arm kommt auf mich zugerannt. Das Gesicht kommt mir sehr bekannt vor. Es ist vor Panik und Entsetzen entstellt und sie schreit etwas zu mir rüber, was ich nicht hören kann. Sie rutscht auf Knien zu mir und brüllt mich an. Es ist Marie. Ich bin überrascht. Meine Frau, meine Frau, die ich über alles liebe. Wir haben vor einem Jahr geheiratet und in drei Monaten erwarten wir unser erstes Baby. Ich liebe sie über alles. Hatten wir uns hier verabredet? Wo kommt sie denn so plötzlich her? „Hi Marie! Marie?" Sie antwortet mir nicht, sie hat mich nicht gehört. Marie weint und schreit, sie nimmt meinen Kopf und presst ihn an ihren Busen. Ich spüre ihre wundervolle Brust und den dicken Bauch, der voller Leben steckt. Sie nimmt ihn wieder weg, was mich enttäuscht. Ich mag ihren Busen – lass mich doch da! Ich schaue auf die Bluse und erschrecke – da ist alles voller Blut! Und das Schwarze da, sind das meine Haare? Ich blicke hoch in ihre Augen, sie weint. Nein, das kann doch nicht sein. „Marie! – Marie?"

Und sie presst mich wieder an ihre Brust. Mir wird schlecht; wenn sie so weitermacht, werde ich mich übergeben müssen. Woher kommt das Blut? Mir wird kalt, in meinem Hals bildet sich ein Kloß aus Angst, die in mir hochkommt. Was ist nur geschehen? Das ging alles so schnell!

„Marie, warum hörst du mich nicht?" Es ist ein Traum, ja, ein Traum, der sofort aufhören muss. Verdammt, das ist nicht witzig. „Hör auf damit! Bitte, bitte! Das kannst du doch nicht machen, sag was!" Ich brülle und kreische: „Marie!" Ich glaub das nicht, ich will doch noch so viel sehen – die Sterne, den Himmel, die Sonne. Mein Gott, Marie, was ist hier los – warum – warum? Das Baby, verdammt, ich will mein Baby sehen! Nein, ich will nicht sterben! Und in diesem Moment sagt mir eine innere Stimme: „Nein!"

Verschwinde, ich will nichts hören. Die Erinnerung kommt zurück. Da ist diese Kreuzung bei uns an der Ecke, die Fußgängerampel ist grün. Alle Autos bleiben stehen. Ich gehe über die Straße und bin fast rübergelaufen. Ein lauter Schlag und ich schaue links über meine Schulter. In diesem Moment kommt ein Auto ins Schleudern und überschlägt sich – es kommt direkt auf mich zugeflogen. Da ist diese Scheißkarre doch tatsächlich bei Rot gefahren und hat ein anderes Auto gerammt, das jetzt direkt auf mich zukommt. Ich renne los und strecke meinen Arm zum Schutz in Richtung des Autos, das auf mich zugeflogen kommt, aber ich bin nicht schnell genug. Das Heck erwischt mich noch und ich fliege hoch in die Luft, drehe mich und werde vom Fahrzeug, das mit voller Wucht zu Boden stürzt, nach unten gedrückt. Das alles passiert wie in Zeitlupe. Da ist noch mein Schuh, der neben mir landet, und als Letztes fällt mir etwas Schweres auf den Kopf. Ich verliere kurz das Bewusstsein, bis ich wieder meine Augen öffne und in den klaren Nachthimmel schaue. Ich blicke wieder in Maries nasse Augen und in den Himmel.

Eine letzte Sternschnuppe kommt direkt auf mich zu. Ich schaue hoch zu Marie, die in diesem Augenblick auch nach oben in den Himmel blickt. Das ist jetzt doch kein Traum und ich weiß, dass sie die fünfte und letzte Sternschnuppe auch sieht.

Ein letztes Mal sage ich zu ihr, dass ich sie liebe, und Marie schaut in den Nachthimmel – sie lächelt.

## 1

*„Haben Sie einen guten Flug!", verabschiede ich mich. Ich schließe meinen Kofferraum. „Oh, was war das doch für ein Riesenarschloch. Mr. Wichtig höchstpersönlich." Dieser Tag hat ja wieder gut angefangen!*

*Das Gute am Flughafen ist, dass man nicht lange warten muss, bis ein neuer Fahrgast kommt. So, jetzt einen Kaffee aus der Thermoskanne und eine Zigarette!*
*Die Luft hier am Flughafen ist auch scheiße. Zum Glück muss ich hier nicht arbeiten. Der ganze Kerosingestank kann doch auf Dauer nicht gesund sein! Na ja, die Kippe ist auch nicht besser. Nehme noch einen Zug, lasse sie fallen und trete die Kippe aus. An meiner Fahrertür mache ich ein paar Streckübungen und ich beobachte das Treiben, wie die unterschiedlichsten Leute das Terminal verlassen und betreten. Wo die wohl alle hinwollen? Drei junge Frauen, die aus dem Terminal C kommen, bleiben kurz am Ausgang stehen und sehen direkt zu mir rüber. „Was ist das denn??!!", frage ich mich und muss grinsen. So etwas habe ich bis jetzt nur in einem Porno gesehen, aber noch nie in echt. Da laufen*

*doch tatsächlich sechs Brüste mit Beinen. Die Dinger sind größer als Melonen und das gesamte Outfit ist so heiß, dass die drei aussehen, als kämen sie direkt vom Karneval in Rio. Als Christbaum hätten sie auch gute Chancen, alles glitzert an ihnen, und wie viele Haare sie auf dem Kopf haben – das gibt es doch nicht. Wenn die bei mir mitfahren wollen, müsste ich mir ein anderes Auto besorgen. Dafür hätte ich noch nicht einmal Platz in meinem Mercedes. Vielleicht klappt es, wenn ich überall die Fenster herunterlasse.*

*Das darf doch nicht wahr sein, die kommen direkt auf mich zu! Kichernd und mit ihren Handtaschen um sich wedelnd stehen sie jetzt vor mir. Die Große in der Mitte mit den dicksten Dingern spricht mich an: „Wir wolle nach Frankfort, Süßer – nimmste uns mit?" Ach du Scheiße, was ist das denn – eine Brasilianerin mit einem Frankfurter Dialekt, der zum Himmel schreit!*

*Auf portugiesisch spricht sie mit ihren beiden Freundinnen, die dann zu kichern anfangen. Ich gehe davon aus, dass die drei Damen im „horizontalen Gewerbe" tätig sind, ohne ihnen etwas Böses zu wollen. Das wird bestimmt eine lustige Fahrt, davon gehe ich aus. „Haben Sie Gepäck?"*

*In ihrer Landessprache sagt sie etwas zu mir, macht einen Schmollmund und hält ihre Brust fest, worauf die anderen anfangen zu lachen und sich ebenfalls die Brüste halten. „Ja, meine Lieben, das ist mehr als genug. Aber im Ernst: Haben Sie noch etwas anderes dabei?"*

*„Ach, du bist escht süß! Des Zeusch muss gleisch komme. Isch versteh aach net, warum die so lang brauche? Vielleicht sin mei Handschelle un de verchromte Dildo von de Monika*

*net dorsch die Kontrolle gekomme."*

*Sie fängt herzhaft an zu lachen und ich will gar nicht wissen, was noch alles im Gepäck ist.*

*"In Venezuela habbe die mei Pflaum kontrolliert, des hat vielleischt gedauert, bis isch des ganze Gelärsch abhatte. Die Tussi, die se mer mit in die Kabin gestellt habbe, isch kann der saache, die hat vielleischt blöd geguckt!"*

*Fassungslos und mit einem Grinsen im Gesicht stehe ich vor ihr und warte nur noch darauf, dass sie mir aus ihrer Handtasche den schönen Schmuck zeigt, den sonst nur ...*

*"Hier, guck, da kommt unser Waache!" Ich bin erleichtert, gehe hinters Auto und öffne den Kofferraum. Zwei Rollis und ein Koffer. "Haben Sie noch etwas?"*

*"Ach, waaßte, fürs Bett brauch isch net mehr!", anwortet sie und stößt mir mit dem Ellenbogen in die Rippen, dann übersetzt sie wieder das, was sie gesagt hat, und alle drei fangen wieder an zu kichern.*

*"Ach so! Na, dann steigt ein und es kann losgehen." Vorsichtshalber kurbele ich meinen Sitz ein Stück nach vorne. "Geht's? Haben Sie genug Platz?"*

*Das Mädchen rechts hinter mir antwortet mit einem "Si!" und die hinter mir sagt etwas auf portugiesisch, worauf nochmals alle anfangen zu lachen, und ich lache – freundlich wie ich bin – mit, auch wenn ich nichts verstanden habe. Die Große rechts neben mir sagt: "Mach dir wesche uns kaa Gedanke, unser Airbag sitzt fest uff de Brust." Dabei hält sie sich wieder ihren vollen Busen und lacht. Ich muss mitlachen und das Mädchen rechts hinten ruft: "Meine echt!", und hält sich ebenfalls die Brust.*

*„Okay, das ist wunderbar, dann hätten wir das auch. Und wohin darf ich Sie fahren?"*

*Die Große spricht mit der, die hinter mir sitzt, und nickt. „Wir fahren erst ema in die Schifferstraß nach Sachsehause un setze die Monika aus. Un von da aus geht's in die Breitegass!"*

*Das ist nicht unbedingt ein Ort, wo man sich wirklich wohl fühlen kann. Viele schmuddelige Bordelle und dunkle Kneipen. Ich selbst finde, dass die Gegend um den Bahnhof, auch wenn sie optisch nicht gerade ansprechend ist, sicherer ist. Die Fixer, die da abhängen, sind harmloser als das, was an Gesocks an der Konstablerwache rumlungert.*

*„Alles klar, dann kann's ja losgehen!"*

*Am besten fahre ich über die Kennedyallee nach Sachsenhausen. Mal gespannt, wie sich meine Damen die Fahrt über benehmen. Dieser Gedanke war noch nicht zu Ende gedacht, als Monika hinter mir anfängt, ein Parfum zu sprühen, das so penetrant riecht, dass ich kaum Luft bekomme.*

*Mein Funkgerät kratzt mir Unverständliches zu und ich schalte es aus, dann wieder an. Irgendetwas mit Hauptbahnhof oder Hauptwache. Kann nur schwer verstehen, worum es geht. Die werden sich bestimmt gleich wieder melden. Und bevor ich auch nur im Entferntesten am Stadion ankomme, bleibt alles stehen. „Kannste ma des Radio aamache, bissi Musik wär net schlecht." Ich schalte das Radio an, aber es ist genau 18:00 Uhr und auf jeder Frequenz sind Nachrichten zu hören. Die Große sagt etwas zu der rechts hinten, ich verstehe nur, dass Amelia ihr Name sein muss und Estela der Name der*

*Großen ist. Estela – eigentlich ein sehr schöner Name, wenn man nicht weiß, was für ein Schlappmaul dahinter steckt. Estela reicht mir eine Kassette rüber und bittet mich, diese einzulegen, was ich anstandslos mache.*

*Olé, das war's dann, aus und vorbei. Mit brasilianischen Klängen und einem Rhythmus, der meinen Wagen hin- und herschaukeln lässt, fahren wir im „Stop-and-go" weiter und es ist verdammt schrill. Alle drei singen so laut, dass ich glaube, jede will die andere übertönen. Doch mir gefällt es und ich mache mit. Bei der nächsten Ampel beugt sich Amelia zu mir rüber und gibt mir einen Kuss auf die Wange. „He, isch glaub, die Amelia find disch süß. Wie is denn eigentlisch dein Name?"*

*„Ich heiße Hannes, und Sie?" Estela zeigt zu Monika und verrät mir offiziell ihren Namen, genauso wie den von Amelia, und dann ihren eigenen. „... isch bin die Estela – und hör uff, uns mit ,Sie' aazuredde." So einfach und primitiv sie auch wirkt, aber mein Bauch sagt mir, wenn sie dich als Freund oder Kumpel in ihr Herz geschlossen hat, kann dir nichts Besseres passieren.*

*„Das freut mich! Hattet ihr einen guten Flug?"*

*„Aaahhhh, logisch, wir hatte unsern Spaß – des kannste dir doch vorstelle! Es gab zwar e paar Turbulenze wesche Luftlöscher, aber des war alles halb so wild! So, Schatzi, dann lass uns noch e bissi singe."*

*Und Estela dreht die Lautstärke auf die höchste Stufe, dass es in den Boxen anfängt zu kratzen. Im Stillen denke ich: „Stimmung!", und lache!*

*In Sachsenhausen angekommen, lasse ich Monika raus. Was*
*für eine Show, das glaubt mir keiner. Ein Geknutsche vom*
*Allerfeinsten. Dann noch ein Paar Tränen und die Fahrt*
*kann weitergehen. „Waaßte, die Monika ist des erste Mal*
*in Frankfort, für die ist des alles neu. Ich glaab, die macht*
*des net lang. Abber ihrn Spaß, den werd se schon habbe."*
*Und dabei stößt sie mir mit ihrem Ellenbogen in die Rippen.*
*Amelia setzt sich hinter mich und greift mir durch mein Haar.*
*Dann sagt sie etwas zu Estela, wobei ich so tue, als würde*
*ich das nicht mitbekommen. „Hannes, die Estela fragt, ob*
*du net heut Abend Lust hättest, zu ihrer Party zu komme. Ich*
*hab der doch gesacht, die find disch süß." Ja klar, mich und*
*hundert andere. „Das wird nicht gehen, ich muss bis morgen*
*früh noch fahren."*
*„Ach was! Dann kommste ebe später nach!"*
*„Ich kann es nicht versprechen."*
*Estela übersetzt, und als sie fertig damit ist, zieht mir Amelia*
*kurz an den Haaren und flucht etwas auf portugiesisch.*
*„Die Amelia sagt, dass du wunderschönes Haar hättest, und*
*es wäre schade, wenn sie es dir ausreißen müsste, wenn du*
*nicht kommst."*
*„Wenn das so ist, werde ich versuchen zu kommen."*
*Estela übersetzt wieder und Amelia krault wieder meinen*
*Kopf, was mir gut gefällt. Das hat man nicht jeden Tag.*
*„Ach, was e Glück, mir sinn gleisch da. Du kannst der net*
*vorstelle, wie isch misch uff mei Badewann freu. Net dass die*
*da drübe kaa hätte, aber dahaam is ebe dahaam."*
*In dem Moment, als ich in die Breitegasse fahre, muss ich*
*scharf bremsen, weil ein Typ ohne zu gucken über die Straße*

*hüpft. Ich haue auf die Hupe und der Spinner klopft mir mit voller Wucht auf meine Motorhaube, zeigt mir einen Vogel und richtet sein Jacket, dass ich genau sehen kann, dass er einen Revolver bei sich hat.*

*„Was issen des fürn Depp? Du Arschloch!", brüllt Estela ungehemmt und zeigt ihm den Mittelfinger „Der Wichser hat se doch net mehr all, dem müsst mer ordentlisch die Fresse voll klobbe."*

*Im Rückspiegel schau ich ihm nach und sehe, wie der Kerl in einer Tür verschwindet, über der in großen roten Leuchtbuchstaben „Kontakthof" steht.*

*„So, Schatzi, und hier kannste uns rauslasse." Ich schaue wieder nach vorne. „Wo?"*

*„Am besten da an der zwote Tür da – ja, genau hier."*

*Ich setze meinen Blinker und halte.*

## ... heute schon tot!

Was für ein Idiot von Taxifahrer – fährt mich fast über den Haufen!

Als ich in den Fahrstuhl gehe und den Knopf für das fünfte Stockwerk drücke, kommt ein Unbehagen in mir hoch. Ich hasse diese Dinger. Ich bin gespannt, was mich oben erwartet. Es ist einer dieser Einsätze, wie ich ihn schon sehr oft hatte, aber es ist immer wieder neu und unberechenbar zugleich. Die Tür schließt sich und mit einem Ruckeln bewegt sich der Blechkasten nach oben. Ich schaue in den Spiegel an der Rückwand des Aufzugs und richte meine Krawatte. Ich überprüfe meinen ledernen Revolverhalfter, den ich umhängen habe, und entsichere vorsichtshalber die Waffe. Mit einem Ruck bleibt der Aufzug stehen und die Tür öffnet sich. Ich betrete den lang gezogenen Flur. Ein roter, abgetretener Teppich liegt auf dem Fußboden und stellenweise fällt der Putz von den rosa gestrichenen Wänden. Ich zähle sieben Türen, drei sind geöffnet. Salsamusik hört man aus dem Inneren der Zimmer und erregtes Stöhnen der Freier und der Huren, die ihrem Geschäft nachgehen. Eine nicht gerade appetitlich aussehende, dunkelhäutige Latina kommt aus ihrem Zimmer und stellt sich in den Türrahmen. Als ich an ihr vorbeigehen will, hält sie mich am Arm fest. Sie zieht ihren roten BH zur Seite und zeigt mir ihre hängende Brust. Mit der einen Hand spielt sie an ihrer Titte und mit der anderen greift sie mir hemmungslos in den Schritt und will mich zu sich ziehen. „Komm, süßer, hübscher junger Mann – Ficki, Ficki, komm schon, bin nass!" Ich zeige der Latina meine Polizeimarke und sie lässt mich sofort los. Die Hure geht schnell zurück in ihr Zimmer und mit einem lauten Schlag schließt sie die Tür. Ich gehe weiter. An der Tür mit der Nummer 507 bleibe ich stehen und klopfe dagegen. Die Tür ist angelehnt. Ich stoße sie nach innen auf und mit einem leisen Quietschen kommt sie mir wieder ein Stück entgegen. Ich bleibe stehen und lasse das vor einer Stunde Geschehene Revue passieren. Das Telefon klingelte und ich wusste, sie ist es. Ihre Stimme klang verzerrt und ängstlich. Sie keuchte Unverständliches in den Telefonhörer und eine vertraute Männerstimme forderte mich mit einem Stottern auf, sofort hierher zu kommen.

„... es ist so weit!"

Und jetzt – jetzt stehe ich an der Tür, die ein Stück nach innen geöffnet ist. Warum ist die Tür offen? Ich hatte schon diese Ahnung, dass etwas nicht in Ordnung ist. Warum um alles in der Welt ist diese Tür angelehnt?

Ich bin völlig aufgeregt und habe das Gefühl, dass sowohl der Salsa als auch das Wechselspiel der stöhnenden Freier und Huren lauter wird. Ich schaue zurück in den Gang, wo ich hergekommen bin, und wieder in das Innere des Raums.

Um herauszufinden, was in diesem Zimmer los ist, muss ich hineingehen. Ich hole dreimal tief Luft, ziehe meinen Revolver, stoße die Tür ein weiteres Stück auf und gehe hinein. Ich laufe mit meiner Pistole, die ich fest in beiden Händen halte, tiefer in den Raum hinein, den kleinen Flur entlang bis an den Kopf des Zimmers. Hier und da hängen Peitschen und Handschellen an der Wand. Die Vorhänge sind zugezogen, aber der Raum hat trotzdem genügend Licht. Das Bett, ich bin fast am Bett der Hure. Ein rotes Laken überdeckt ihren ganzen Körper. Vorsichtig nähere ich mich dem mit schwarzem Plüsch dekorierten Bett und schlage das rote Bettlaken am Fußende zur Seite.

In diesem Moment höre ich die Klospülung. Blitzschnell ist mein Revolver auf die Stirn von Kiki gerichtet, der gerade aus der Toilette kommt. Ich schnaufe vor Anspannung und Kiki, der gerade auf dem Klo gewesen ist, macht sich fast in die Hosen. „Du Arsch, was soll das, verdammt?", brülle ich Kiki an. Kiki ist total verwirrt. „Waaas deeenn?"

„Warum ist die Tür auf? Ist heute bei dir Tag der offenen Tür oder was? Scheiße, Mann!"

„Kacke, Kaaaaacke, Mann, iiich haaab eees vergeesssen, waaar kaaaacken, Mann! Du-du erschreeeckst mich zuuu Tooode!"

„Ja, und was, glaubst du, ist das hier? Spaß oder was?! Ich glaub, du spinnst!" Ich schüttele meinen Kopf und mit meiner Waffe winke ich Kiki zur Hure. „Ist sie so weit?" Kiki nickt mir zu und geht zur Tür, um sie zu schließen. „Wooo ist mei- mein Stoooff, Buuulle? Ich brauch 'nen Schuss!"

„Ja, einen Schuss, den kannst du haben, du Scheißjunkie!"

Er macht mich echt sauer und ich drücke den Lauf meiner Pistole direkt auf seine Stirn. Ich bin außer mir. „Willst du den Schuss sofort? Du kannst ihn haben!" Und ich drücke fester zu. Kiki stottert irgendetwas, das ich nicht verstehen kann. Langsam beruhige ich mich und nehme die Pistole hoch, weg von seiner Stirn. Vielmehr liegt mein Interesse bei der Schlampe. „Mach sie frei, ich will sie sehen", befehle ich Kiki. Sehr langsam und vorsichtig entfernt Kiki die Decke. „He, das hast du gut gemacht!" Ich bin echt überrascht. „Kiki, du bist ein Genie!" Ihr Gesicht schmückt eine schwarze Gasmaske und ihr Atem ist nicht zu überhören.

Die Arme sind an den vorgesehenen Schellen am Bett fest angebunden. Aus meiner Jacke hole ich eine Spritze und gebe sie Kiki „Hier, das ist für dich, das hast du gut gemacht."

Ich ziehe meine Hose aus, stülpe mir ein Kondom über und mit meiner Hand fühle ich über ihren flachen Bauch, der sich rhythmisch auf- und abbewegt. Sie hat eine schöne elfenbeinblasse Haut, die zart und sehr geschmeidig ist. Ich nehme ihre zitternden Beine hoch und küsse die Innenseiten der Schenkel. Kiki setzt sich in die Ecke auf den Boden und spritzt sich das Zeug, das ich ihm gegeben habe.

Leise vernehme ich ein Stöhnen und Wimmern, das aus dem Inneren der Maske kommt. Es macht mich wild. Ich stoße zu – erst langsam, dann immer fester. „Ich geb's dir richtig!"

Sie fängt an zu zucken, sie verkrampft sich und bäumt sich auf. Aus der Maske dringt jetzt ein Schnaufen, das bei jedem Stoß stärker wird. „Das ist geil!" Habe plötzlich keine Kontrolle mehr, ziehe sie stärker an mich und komme. Uh, war das gut – leider zu kurz – aber egal. Ich war gut, echt gut, viel besser als sonst, wie immer. „Kiki, du bist dran! He, Kiki, was ist? Kiki, die Muschi ist noch heiß! Du bist dran!" Und ich schaue zu Kiki. „Du Scheißjunkie!"

Verdammt! Wenn die auf Entzug sind, hauen die sich gleich alles rein, was sie bekommen können. „Scheiße, verdammt!" Mit Schaum vor dem Mund und aufgerissenen Augen liegt er in der Ecke und zittert und zuckt vor sich hin. „Scheißjunkie, und jetzt muss ich mir einen neuen Kiki suchen oder was – ach, Scheiße!" Ein letztes Mal krümmt er sich und dann ist er still.

Nach einer kurzen Verschnaufpause verschließe ich mit einem Klebeband die Luftlöcher der Gasmaske meiner kleinen Schlampe, und als ich aus dem Bad wiederkomme, ist auch bei ihr alles vorbei. Eine halbe Stunde später sind alle Spuren beseitigt – man kann nicht vorsichtig genug sein. Ich rufe von meinem Handy aus einen Kollegen auf dem Revier an. Er soll ein paar Jungs von der Mordkommission vorbeischicken.

„Ich glaube, ich hab das Schwein, den Serienmörder – ja, der die Huren hinrichtet! Ja, ja, ich werde den Raum absperren und mich hier noch etwas umsehen. Okay, werde ich machen!" Und ich beende das Gespräch.

Ich verlasse das Zimmer, um zu der hässlichen Latina von nebenan zu gehen.

Mit einem breiten Grinsen klopfe ich an ihre Tür.


Denn was die Hure nicht weiß: Sie ist heute schon tot!

## 2

*Gedankenverloren zähle ich Regentropfen, die auf mein Fenster fallen. Würde gern rausgehen, eine rauchen, aber ich bleib besser hier drin. Ich öffne das Fenster einen Spalt und lasse den Motor wieder an, um die Klimaanlage zu starten. Das kühle Gebläse tut gut.*

*Ich schalte das Radio ein und höre, dass meine drei Amazonen von vorhin ihre Kassette vergessen haben. Der Latinorhythmus bringt mich dazu, dass ich gedankenverloren auf meinem Lenkrad trommle.*

*„Entschuldigung, können Sie mich zur Hauptwache fahren?"*

*Ich erschrecke und schaue rechts rüber. Eine Frau Mitte vierzig steigt zu mir ins Auto.*

*„Ein Mistwetter, was?", sagt sie grinsend zu mir und im Stillen denke ich, diese Frau sieht wirklich gut aus. Sie spricht mit einer wunderschön klingenden Stimme.*

*„Ach ja, heute wird es hoffentlich nicht nur einmal regnen."*

*Eine echte Wohltat nach dem was ich eben im Wagen hatte.*

*„Wo darf ich Sie hinfahren?"*

*„Zur Hauptwache!"*

Die gefällt mir, und bevor ich losfahre, schaue ich noch einmal zu ihr rüber, nicke ihr zu und schalte die Uhr an.

„Heute macht das Wetter wirklich, was es will, was? Am Mittag strahlender Sonnenschein und jetzt regnet es."

Sie antwortet mir nicht, aber dafür klappt sie ungeniert die Sonnenblende nach unten und überprüft ihr Gesicht. „Ist etwas verschmiert?", fragt sie und deutet mit einem Finger in ihr Gesicht. Überrascht von dieser Frage, stelle ich eine Gegenfrage: „Was?" Intelligente Frage, Hannes!

Und sie wiederholt: „Bin ich im Gesicht verschmiert?"

Kopfschüttelnd: „Nein, nein! Sie sehen gut aus! Wirklich gut – perfekt!" Sie lächelt mich an und sagt „Danke!" Ach ja, sehr schön, das fängt ja gut an!

Die ersten Sekunden sind wichtig, sehr wichtig, man weiß unmittelbar nach kurzem „Blabla", mit wem man es zu tun hat. Aber wenn ich so darüber nachdenke, bei meinen anderen drei Gästen langte der erste Blickkontakt, und ich muss kurz lachen. Es gibt die unterschiedlichsten Typen, die in deinen Wagen steigen. Die Stadt ist voller Verrückter, Fantasten und Liebender. Ich sage immer, du bist nicht nur ein Taxifahrer, du bist ein Psychiater auf Rädern. „Hoffentlich lässt der Regen bald nach. Was glauben Sie, wie lange noch?" Sie presst die Lippen zusammen. „Mmmhh, in dem Moment, wenn ich aus Ihrem Taxi steige, dann ist es vorbei!"

„Okay, dann wird es so sein!" Ich nicke ihr zu. „Wie alt sind Sie?" Das sagt sie mit einem reizenden Unterton, der mir gefällt, und immer wieder schaue ich während des Fahrens zu ihr rüber. Eine Frau, die mich fasziniert.

„Sie wollen wissen, wie alt ich bin? Warum?"

*Nicht oft habe ich solch einen Fahrgast. „Sie sehen ganz schön jung aus für einen Taxifahrer. Sind Sie Student?" Sie nimmt kein Blatt vor den Mund. „Was glauben Sie? Und wie alt sind Sie?"*

*„Na also, stellt man einer Dame solch eine Frage?" Ich schaue zu ihr rüber „Ja! Warum nicht? Los, was ist? Schämen Sie sich für ihr Alter?" Sie fängt an zu lachen. „Sie haben viel Mut, passen Sie auf, Sie fangen an, mir zu gefallen." Als sie das sagt, holt sie etwas aus ihrer Handtasche, das aussieht wie ein Lippenstift. „Ich bin so alt, wie Sie mich haben wollen!"*

*„Ach ja! Vorab, Sie sehen jedenfalls viel jünger aus. Ehrlich! Wissen Sie, Sie sind unglaublich attraktiv, und das sage ich Ihnen, auch wenn mir das nicht zusteht. Ich mache Ihnen ein Angebot. Wenn wir an der Hauptwache ankommen und es regnet, müssen Sie mir verraten, wie alt Sie sind, und wenn es nicht mehr regnet, geht die Fahrt auf mich und Sie brauchen mir Ihr Alter nicht zu verraten." Prüfend schaue ich zu ihr rüber. Sie klappt wieder den Sichtschutz nach unten und blickt in den Spiegel. Sie kramt wieder in ihrer Tasche und holt noch einen Lippenstift heraus. An der nächsten roten Ampel zieht sie sich die Lippen nach. Dann sagt sie: „Okay, das werden wir machen!" Insgeheim hoffe ich natürlich, dass sie verliert und ich meine Fahrt bezahlt bekomme, andernfalls wird mein Tipp draufgehen. Geschäft ist eben Geschäft.*

*Der Regen hat seit der letzten Ampel deutlich nachgelassen und meine Scheibenwischer arbeiten nur noch im einfachen Intervall. Wir sind nur noch wenige Meter vom Ziel entfernt*

und vereinzelt fallen noch ein paar Tropfen vom Himmel.
„Können Sie mich bitte bis zur Schillerstraße fahren?"
Ich nicke und biege von der Großen Eschersheimer Landstraße kommend links in die Biebergasse ein. Ich muss scharf bremsen, weil mir einer dieser Skater fast vor meinen Wagen springt. Das kann doch nicht sein, das ist heute schon der Zweite, der mir vors Auto hüpft. Erschrocken flucht meine Beifahrerin: „Oh Mann, diese Idioten!"
Die Jungs stören mich wenig, als Jugendlicher bin ich hier selbst mit meinem BMX-Rad rumgefahren und habe ebenfalls so manches Auto ausgebremst. Früher gab es hier ein Kino, jetzt ist hier dieses Sportgeschäft, das damals an der Ecke gewesen ist. An der Schillerstraße bleibe ich stehen, und als ob jemand den Hahn abgedreht hat, hört der Regen auf!
Das habe ich vergessen, heute ist ja wieder Markt! Unweigerlich muss ich mich noch daran erinnern, dass hier eine Straßenbahn gefahren ist. Verdammt, ist das lange her! Triumphierend wie ein Sieger boxt sie mir gegen den Oberarm und holt mich aus meinem Sekundenschlaf. „Sehen sie – hab ich's doch gewusst!"
Ich nicke, schaue sie an und sage: „Herzlichen Glückwunsch, Sie haben gewonnen, ich wünsche Ihnen viel Spaß! Wo geht es als Erstes hin?" Sie greift in ihre Tasche und holt 20 Euro heraus. „Das ist für Sie – und keine Widerrede, das ist Trinkgeld! Bestimmt werde ich erst einmal Schuhe kaufen gehen." Sie blinzelt mir zu. „Ich wünsche Ihnen viel Spaß! Ach, halt – wenn Sie wieder ein Taxi brauchen, hier ist meine Karte, auf der Handynummer können Sie mich jederzeit erreichen."

*Ohne ein weiteres Wort zu verlieren, steckt sie die Karte in ihre Tasche, winkt mir zu und geht!*

*Das erste Mal heute gibt mein Funkgerät ein Lebenszeichen von sich, das ich verstehen kann. „Hannes, wo bist du?"*
*„Hauptwache!", antworte ich.*
*„Kannst du zur Goethestraße fahren?"*
*„Klar, fünf Minuten – bin fast da!" Ich setze den Blinker und fahre los!*

## Die Unbekannte

Verträumt beobachte ich, an ein Schuhregal gelehnt, eine Frau, die ca. 40 bis 45 Jahre alt sein muss. Sie steht mit dem Rücken zu mir an einem Schuhregal und sucht sich ein Paar Pumps aus.

Ich bewundere ihre langen Beine, die eine so wunderschöne Form haben. Ihre Beine, vor allem ihre Waden, werden durch die schwarzen Nylonstrümpfe stark betont, was sehr reizvoll und sexy zugleich ist. Kaum zu glauben, in diesem Alter! Sie hat einen Rock an, der oberhalb der Knie endet. Die schwarzen Nylonstrümpfe, die sie trägt, sind bestimmt halterlos.

Mit großem Gefallen schaue ich dem Schauspiel weiter zu. Ich halte kurz Ausschau nach meiner Freundin, die ich aber nirgends sehen kann.

Mittlerweile befindet sich die mir Unbekannte an „ihrem Platz" am Ende des Gangs. Sie schnürt sich die feinen Riemchen der hochhackigen Pumps zu und streicht sich mit ausgestrecktem Bein die Nylonstrümpfe hoch. Dabei schiebt sie ihren Rock nach oben und meine Vermutung, dass sie halterlose Strümpfe trägt, bestätigt sich. Anschließend steht sie auf und kommt direkt auf mich zu.

Im Stillen denke ich: „Oh, wow, die sieht echt scharf aus!" Sie hat eine weiße Bluse an, der Ausschnitt ist weit geöffnet und man kann nur zu deutlich sehen, dass sie einen großen Busen hat. Jeder ihrer Schritte lässt die vollen Brüste sich so hin- und herbewegen, dass mir der Atem stockt. Durch ihren großen Busen und die langen Beine sieht sie sehr schlank aus, obwohl sie einen vollen Po hat. Was für ein Arsch! Sie spricht mich direkt an: „Könnten Sie bitte zur Seite gehen, Sie stehen etwas unglücklich vor dem Spiegel." Ich schaue mich um und stelle fest, dass ich tatsächlich vor einem bis unter die Decke reichenden großen Spiegel stehe. „Oh, natürlich, entschuldigen Sie bitte." Erschrocken und mit einem Gefühl von Peinlichkeit gehe ich mit hochrotem Kopf zur Seite. Meine Ohren sind so heiß, dass ich glaube, sie könnten gleich abfallen. Ich hatte alles um mich herum vergessen. Auch dass ich eigentlich mit meiner Freundin zum Schuhekaufen hier bin. Suchend schaue ich mich wieder um, aber nirgends kann ich sie finden. Mein Blick schweift wieder zu der Unbekannten, die gerade ihren Rock bis zum Strumpfsaum anhebt und mit dem Rücken zu mir steht. Sie schaut über ihre Schulter und beobachtet sich im Spiegel. Mit offenem Mund betrachte ich diese Darbietung. Ich komme mir vor wie ein kleiner Schuljunge, der heimlich ein Liebespaar beobachtet. Beiläufig halte ich Ausschau nach meiner Freundin, aber neugierig schaue ich immer wieder zu ihr hinüber. Ich tue so, als würde mich das nicht interessieren, aber in Wirklichkeit habe ich das Gefühl, mir explodiert gleich die Jeans. Ich ziehe meine Jacke aus und halte sie vor meine Hose. Die

Unbekannte geht mit sexy Hüftbewegungen zu einem Regal, auf dem in Großbuchstaben „MULES" steht. Nur schwer kann ich erkennen, dass es sich hierbei um Pumps handelt, die keine Riemchen haben. Sie nimmt sich ein rotes Paar heraus und geht zu ihrem Platz zurück. Diese Frau ist echt der Hammer und in meiner Hose pocht es so stark, dass ich die Schläge in meinem Kopf hören kann.

Schneller als mir lieb ist hat sie die Pumps ausgezogen und zieht sich gleich die roten an. Sie stellt sich anschließend wieder hin, um sich im Spiegel zu beobachten. Kaum ist sie aufgestanden, setzt sie sich wieder hin und zieht die „Mules" aus; anschließend streift sie sich ihre halterlosen Strümpfe von den Beinen. „Oh Mann, was soll das denn jetzt?"

In meinem Körper fange ich an zu brennen, so heiß wird es mir bei diesem Anblick. „Oh Gott, was sind das für Beine!?" Mit meiner Zunge fahre ich über meine Oberlippe, um sie etwas anzufeuchten. Ich hoffe, dass sich meine Freundin im Schuhgeschäft verlaufen hat oder mit viel Glück im Aufzug feststeckt. Bei diesem Gedanken muss ich grinsen. Ich blicke zu der Unbekannten hinüber, die mir auch direkt in die Augen schaut und mit einem Lächeln zu mir sagt: „So habe ich einen besseren Halt, mit Strümpfen ist das sehr rutschig!"

Verblüfft und unglaublich peinlich berührt, wieder ertappt worden zu sein, antworte ich: „Ach so, ja, ja, das kann ich mir vorstellen." Oh, Scheiße, nicht schon wieder. Ich glaube, ich muss jetzt wirklich gehen, verdammt, ist mir das peinlich.

„Wie finden Sie die Form und Farbe – etwas gewagt, oder?", fragt sie mich sehr direkt und mein Kopf wird so heiß, dass ich weiß, ich sehe jetzt aus wie eine Tomate.

„Bitte, was?" Ich bin fix und fertig. Jetzt kann ich noch nicht einmal unbemerkt verschwinden. Ich hoffe, ganz im Ernst, dass meine Freundin wirklich im Fahrstuhl steckt.

Die unbekannte Dame wiederholt: „Ist die Form und die Farbe okay?", und geht Richtung Spiegel. Fassungslos stehe ich da, kann nicht glauben, was da gerade läuft, und antworte: „Sehr sexy!"

Das ist der Wahnsinn, was sind das für Beine – so glatt! Ihre Waden, die Oberschenkel, Wahnsinn! Durch die Öffnung der Schuhe sehe ich die rot lackierten Fußnägel. Schweißperlen liegen auf meiner Stirn, hoffentlich bekomme ich keinen Herzinfarkt. Sie dreht mir wieder den Rücken zu und zieht ihren Rock wieder nach oben. Diesmal so hoch, dass ich den Ansatz ihrer Pobacken sehen kann. Ihr Hintern ist rund und kräftig, schon fast zu kräftig, aber durch diese Beine passt alles zusammen – traumhaft.

Meine Hose glüht.

Sie dreht sich wieder um und fragt: „Wie finden Sie die ,Mules'? Bitte seien Sie ehrlich!" Ich bin ehrlich und sage zu ihr: „Sie sehen fabelhaft darin aus, der helle Wahnsinn!"

Ein Lächeln ziert ihr Gesicht und sie bedankt sich. Sie geht zum Regal zurück. Der Gang dieser Frau, als ob sie auf einem Laufsteg gehen würde. Ihr Po wackelt von links nach rechts, dass einem schwindelig werden kann. Erst jetzt bemerke ich, dass der Rock noch immer hochgezogen ist. Ich habe ein solches Kribbeln, das durch meinen Körper zuckt, noch nie verspürt. Nicht einmal bei meiner Freundin. Sie dreht sich fragend zu mir um und deutet auf ein Paar Schuhe in der obersten Reihe, worauf ich den Kopf schüttele, weil sie mir nicht gefallen. Dann nimmt sie welche in die Hand und zeigt sie mir. Ich schüttele wieder verneinend den Kopf und zeige auf ein Paar in der untersten Reihe. Sie bückt sich und deutet auf einen Schuh. Vor mir habe ich jetzt einen spärlich bedeckten Hintern. Ihr roter String ist kaum wahrzunehmen. Das kleine Stück Stoff bedeckt gerade mal ihre intimste Stelle, und das auch nicht wirklich.

Was für ein Miststück, denke ich. Sie spielt mit mir. Wenn sie das will, werde ich das Spiel mitspielen. Ich schüttle meinen Kopf und deute auf den Schuh, der nebenan steht.

Mit den Pumps in der Hand kommt sie zu mir, lächelt und sagt: „Die habe ich auch schon gesehen, aber bei diesem hohen Absatz hatte ich Angst, vornüber zu fallen." An ihrem Platz zieht sie ihre „Mules" aus, und bevor sie sich hinsetzt, schlüpft sie sehr gekonnt aus ihrem Slip. Ich kann ein Lachen und ein Kopfschütteln nicht unterdrücken. Sie winkt mir mit dem Stück Stoff zu und fordert mich damit auf, zu ihr rüberzukommen. Anschließend packt sie ihr Höschen in die Tasche zu ihren Nylonstrümpfen. Sie fragt mich, ob ich ihr helfen könnte, die Pumps anzuziehen. Ich nicke und gehe zu der Unbekannten hinüber. Sie gibt mir einen der schwarzen Pumps, die wirklich einen sehr hohen stilettoartigen Absatz haben. Dann streckt sie mir das rechte Bein so entgegen, dass ich unfreiwillig Einblick zu ihrer geheimsten Stelle habe. Ihre rasierten Beine haben eine helle, seidige Hautfarbe, das ist so scharf. Vor zehn Minuten hätte ich nicht im Traum daran gedacht, sie je in der Hand halten zu dürfen.

Ich streiche zart über die Innenseite ihres Beines und kann sehr gut erkennen, dass nicht nur die Beine rasiert sind.

Bei diesem Anblick schlägt mein Herz schneller, wie bei einem 100-Meter-Sprint. Sie riecht wundervoll. Ich werde mutiger und dabei gehe ich mit meiner Hand langsam immer weiter nach oben. Mit ihrem Fuß und dessen Zehen massiert sie meinen Schritt. Ich kann ein leises Stöhnen nicht unterdrücken, und je höher ich komme, desto heißer wird es. Plötzlich schließt sie ihre Beine und ich bin gefangen. Diese Position ist wirklich unangenehm. Mit ihrem Fuß an meinem Reißverschluss und ich mit meiner Hand fast an ihrer ... uh, ist mir heiß. Wenn meine Freundin mich so sieht, wie kann ich ihr das um Himmels willen erklären? „Sie sind mir aber einer. Sie sollen mir doch nur helfen, die Pumps anzuziehen. Warten sie auf jemanden? Oder ist es Ihr Hobby, Frauen beim Schuhekaufen zuzuschauen?" Als sie mich das fragt, lächelt sie mich an. „Nein, ich warte auf meine Freundin und genieße dieses Abenteuer." Was Besseres ist mir in diesem Moment nicht eingefallen. Sie öffnet wieder ihre Beine und rückt so weit nach vorne, dass meine Finger ihre feuchte, glatt rasierte Scham berühren. Bei dieser kurzen Berührung durchfährt mich ein kurzes, heißes Zucken. Dann gleite ich mit meiner Hand langsam wieder zurück und sage zu ihr: „Sie haben die wunderschönsten Beine, die ich je gesehen habe. Ich bin absolut fasziniert. Das können Sie mir glauben."
Sie sagt: „Ich weiß!"

Als ich der Unbekannten die Pumps angezogen habe, steht sie vor mir. Ich knie auf dem Boden und schaue zu ihr hinauf. Sie sieht einfach heiß aus in diesen Dingern. Den Rock hat sie wieder nach oben gezogen und ich sehe ihren blanken Hintern und die mächtig angeschwollenen glatten Schamlippen. Ein letztes Mal streiche ich an den Innenseiten ihrer Oberschenkel entlang. Danach geht sie wieder vor dem Spiegel auf und ab.

Ich stehe auf und gehe wieder zu der Stelle hin, an der ich auf meine Freundin gewartet habe. Da kommt sie mir auch schon entgegen.

Angenervt sagt sie zu mir: „Sag mal, wo steckst du denn? Ich habe dich jetzt schon in drei Stockwerken gesucht!"

„Ich habe hier auf dich gewartet. Aber schau mal."

Ich gehe zu dem Regal, aus dem zuvor die Unbekannte die roten „Mules" rausgenommen hat, und zeige ihr ein schwarzes Paar mit hohem Absatz. Ich frage, was sie von diesen Pumps hält und ob sie die nicht mal anprobieren möchte. Kopfschüttelnd und mit einem Blick, der mir sagt: „Hast du sie noch alle?", kommt auch schon das passende Argument: „Die Fick-mich-Schläppchen? Ich glaub, du spinnst! Kühl dich ab!" Meine Unbekannte schaut zu mir rüber, lächelt und geht zu ihrem Platz, um die Pumps auszuziehen. Bei der Diskussion darüber, dass meine Freundin die Pumps doch nur einmal anprobieren soll, bekomme ich einen kleinen Schubs gegen meinen Rücken und die zarte Stimme der Unbekannten flüstert mir ein „Entschuldigung" ins Ohr. Ich schaue ihr nach und sehe, dass sie die roten und die zuletzt anprobierten Pumps an die Kasse legt. Wir verlassen das Schuhgeschäft. Als ich draußen in meine Jackentasche greife, um nach meinen Zigaretten zu suchen, bemerke ich, dass die Unbekannte mir ihren roten String in die Tasche gesteckt hat.

-3-

*Das muss er sein, winkend auf der Straße, ein junger Typ,
gerade mal Anfang zwanzig, denke ich.*

*„Hi, Sie haben ein Taxi bestellt?"*

*„Ja!" Der Junge steigt hinten ein und ich fahre los.*

*„Wohin soll es denn gehen?"*

*„S-Bahn-Station Hauptwache!"*

*Ich mache eine Vollbremsung, dass der Typ mir fast nach
vorne auf meinen Beifahrersitz fällt. Wenn ich es nicht
anders wüsste und nicht gerade in der Goethestraße bin und
direkt hinter mir die Hauptwache ist. „He, was soll das?",
mault mich mein junger Fahrgast an, und genau das sollte
ich ihn fragen: „Sie wollen wohin?" „Hauptwache, S-Bahn
Station. Hörst du schlecht?" In diesen Momenten kommt
man sich verarscht vor. „Es kommt Sie billiger, wenn Sie die
100 Meter laufen, glauben Sie mir!" Was bildet sich dieser
Schnösel ein, mich zu duzen? „Ich hab dich gerufen und du
fahren, okay! Du verstehen?" Ich schaue mir diesen Typen
über meinen Rückspiegel genau an. Was, verdammt, denkt
der sich? Das kann doch nicht sein! Ich meine, der sieht
wirklich nicht aus, als ...*

„Hör auf, mich anzustarren!"

*Was soll's – nicht aufregen. Fahr den Penner die fünf Meter und dann schmeiß ihn raus. An der Zeil werde ich erst mal eine Zigarette rauchen.*

„Kennst du den Sinn des Lebens!"

*Oha jetzt wird's kompliziert.* „Was meinen Sie damit?" *Über den Spiegel schaue ich ihn wieder an, wobei ich ihn erwische, wie er sich in der Nase bohrt.*

„Ach, vergiss es!"

„Kann ich Sie am Kaufhof rauslassen?"

„Na gut!" *Ich stelle mich hinter einen Kollegen.*

„Was macht das?"

„Schon gut, die Fahrt geht auf mich."

„Willst du mich verarschen? Glaubst du, ich könnte meine Fahrt nicht bezahlen oder was?"

*Der Typ beugt sich über meinen Sitz und wirft mir 50 Euro in den Schoß. Mit einem lauten Knall schließt sich meine rechte hintere Tür und ich sehe, wie er über die Straße rennt und die Treppen zur B-Ebene hinuntergeht.*

„Was für ein Arschloch!"

*Ich steige aus und zünde mir eine Kippe an.*

48

## Endstation Hauptwache

Die S5 nach Friedrichsdorf soll es sein und keine andere. Lange ist es geplant und ich beobachte das Treiben am Bahnsteig, der immer voller wird. Über mir hängt das Stationsschild mit der Aufschrift „Hauptwache". Ich schaue auf die Uhr, wir haben kurz nach sieben und die Anzeige verrät mir, dass es noch vier Minuten bis zur nächsten S-Bahn sind. Noch zwei Züge und dann kommt mein Auftritt. Wie wird es sein? Eine Frage, die ich mir schon lange stelle, aber die mir bis jetzt unbeantwortet blieb. Es ist so einfach, ein wenig Angst habe ich auch, aber das, denke ich, gehört einfach dazu. Wie unvorsichtig die Leute doch sind, so vertrauensvoll nah stehen sie am Abgrund. So ganz nach dem Motto: „Mir passiert schon nichts!" Ein kleiner Fehler, ein leichter Schubs von hinten, und ihre Körperteile fliegen wie Federn bei einem geplatzten Kopfkissen durch die Gegend. Alles schreit aus Panik und jeder, der in der Nähe gestanden hat, bekommt Angst. Angst davor, dass er selbst verdächtigt wird, die Person geschubst zu haben. Aber auch ein anderer Gedanke wird sich festbrennen wie ein Tattoo: „Zum Glück bin ich das nicht gewesen."

Das gefällt mir und ich trinke aus meiner Cola, die ich mir am Automaten gezogen habe.

Ich sehe eine Frau, die schon eine ganze Weile am Bahnsteig auf- und abläuft. Ich dachte schon, sie sei längst weggefahren, aber anscheinend wartet sie auf jemanden. Vielleicht holt sie jemanden ab. Oder hat sie einen der Züge verpasst, die erst wieder in einer Stunde fahren? Kann mir auch egal sein. An und für sich ist sie unauffällig, sie wirkt wie eine Öko-Studentin in den letzten Semestern. Die nach – ja, nach was könnte die aussehen? Soziologie? BWL? Nein, BWLer sehen anders aus, das sind die typischen Yuppies, wie man sie sich vorstellen kann. Dann schon eher Pädagogik oder Psychologie, irgend so etwas, das passt, aber nicht BWL. Genau – sie will später Lehrerin werden und am liebsten eine erste Klasse betreuen. Die sind ja noch willig und süß, denen kann man ja auch noch so viel beibringen. Genau so eine ist das. Eine, die heimlich Hasch raucht und ab und zu etwas kokst. Aber unseren Kindern den Grundstein fürs Leben setzen will. Was für eine Schlampe – und weil alles so bio ist, rasieren wir uns nicht mehr die Beine und unter den Achseln lassen wir Lianen wachsen.

Ihre Kleidung ist unvorteilhaft und bestimmt hängen ihre Brüste bis an die Knie, weil man keinen BH trägt – das macht man nicht, das wäre nicht natürlich.

Ich kann mich gut an eine Lehrerin erinnern, die ähnlich wie diese ausgesehen hat. Sie hatte grundsätzlich selbst gestrickte Netzpullover an, manchmal guckten ihre Brustwarzen neugierig aus den Maschen heraus. Die hellen Stoffhosen, die sie anhatte, zeigten im Schritt, wie groß ihre Spalte war. Wobei uns Jungs das gefallen hat. Einige fanden auch ihre Brüste super; so kam es, dass wir Wettwichsen während des Unterrichts veranstalteten. Ich wette, die wusste das!

Aber im Sommer, mit oder ohne „Arsch-frisst-Hose", war man froh, dass sie nicht zu einem kam. Von ihr ging ein beißender Schweißgeruch aus, dass einem schlecht dabei wurde. Ein Gedanke, der mich ekelt, und ich muss mich kurz schütteln. Mal schauen, wie lange sie sich hier noch aufhält. Die hätte es verdient, vor dem Zug zu landen. Vielleicht kann ich ihr dabei in die Augen sehen und in ihr Gesicht spucken. Als ob sie mich erhört hätte, dreht sie sich zu mir um und schaut direkt in meine Augen. Sie steht etwa 20 Meter von mir entfernt, aber ihre Augen haben ein Blau, dass ich in diesem Moment wünschte, ich könnte in ihren Tiefen abtauchen. Ich bin mehr als fasziniert. Kann so etwas echt sein? Ihr Gesicht scheint makellos und geradezu perfekt. Ich nehme alles zurück, was ich soeben über dich gedacht habe. Du siehst aus wie ein Engel. So etwas passiert ausgerechnet heute, wo ich mir so viel Mut genommen habe, es zu vollenden. Sie ist so hübsch und sie ist alles andere als meine damalige Lehrerin. Das, was sie trägt, wirkt wie eine Verkleidung. Sie lächelt mir zu und dabei dreht sie sich wieder von mir ab und geht in die Richtung, aus der sie gekommen war. Ich bin etwas enttäuscht, enttäuscht darüber, dass sie weggeht und ich nicht mehr tauchen kann. Wie schön doch ihre Augen gewesen sind – so etwas habe ich noch nie zuvor gesehen. Ich nehme all meinen Mut zusammen und gehe der Frau nach. Sie soll mich begleiten, das ist sicher, das muss sie. Wenn ich gehe, dann nur mit ihr, und ich werde in ihre Augen schauen und darin abtauchen – so tief, bis ich keine Luft mehr bekomme und ertrinke. Das gefällt mir, ja, genau so soll es sein. Da kann man planen, wie man will, und dann kommt doch alles anders. Der Lautsprecher kündigt die nächste S-Bahn an und ich schaue auf die Anzeigetafel und sehe, dass es bald so weit ist. Noch eine S-Bahn bin ich davon entfernt. Ich hoffe, dass sie bis dahin noch bei mir sein wird. Und was, wenn nicht? Das wird nicht passieren. Das darf nicht passieren. Was wird dann passieren? Ich müsste sie hassen dafür, dass sie nicht bei mir ist – bei mir genau in dem Moment. Heute werde ich es beenden, vollenden. Die anderen werden mich alle hassen, aber ich werde es euch geben. Ich befreie mich aus dem Gedrängel und habe für einen kurzen Augenblick ganz vergessen, dass ich eigentlich die Unscheinbare verfolgen wollte. Ich nehme einen großen Schluck aus meiner Coladose. Leer! Scheiße! Aus Wut werfe ich die Dose auf die Gleise. Dabei treffe ich fast eine Maus, die an den Gleisen umherläuft. Ein älterer Mann spricht mich an und fragt, warum ich das mache: „Haben Sie keinen Anstand? Muss das denn sein?", worauf ich ihm „Ahhhhhhh, ahhhhhhhhh, ahhhhhhhh, ich mach dich aaaaahhhhhhhlle!" und „Arschloch, lass mich in Ruhe!" ins Gesicht brülle. Um mich herum stehen Menschen. Alle schauen auf mich. Die denken bestimmt, ich sei wahnsinnig, total bekloppt. Worauf ich lachen muss. Bestens, jetzt denken die wirklich, ich hätte sie nicht mehr alle. Suchend schaue ich mich um, aber es ist nicht einfach, sie ausfindig zu machen. Das darf doch nicht sein ... Der Bahnsteig wird immer voller und ich glaube, meine Unbekannte verloren zu haben. Ich gehe wieder an meinen alten Platz zurück. Und da sehe ich sie. Sie drängelt sich zwischen den wartenden Fahrgästen durch und steht fast an der Bahnsteigkante und schaut mit ausgestrecktem Hals in Richtung Tunnel.

Da habe ich dich, genau da, wo ich dich wollte.

Warum wollte ich eigentlich die nach Friedrichsdorf? S-Bahn ist S-Bahn. Also scheiß auf die nächste Bahn, mit der geht's auch. Ich versuche mich noch rechtzeitig durch das Gedrängel zu schieben. Ich höre die S-Bahn schon sehr nah. Ein starker Luftstrom, der aus dem Tunnelinneren kommt, lässt meine Haare in die Luft fliegen. Ich bin nur noch wenige Schritte von ihr entfernt. Ich hoffe, es ist jetzt nicht zu sehr überstürzt. Ich rudere ihr von hinten entgegen, nur noch eine Armlänge. Ich blicke ein letztes Mal nach rechts, als der Zug einfährt. Das Dröhnen der einfahrenden S-Bahn wird lauter, man hört ganz deutlich das Abbremsen des Zuges, der laut kreischende Ton der bremsenden Eisen lässt meine Ohren verstummen. Ich glaube, dass ich es nicht mehr schaffen werde. Dann bin ich bei ihr und in dieser Sekunde stößt sie zu und ein älterer Herr fällt vor den einfahrenden Zug. Schützend halte ich meine Arme vor mein Gesicht. Ich muss vor Schreck laut aufschreien. Die Menschen um mich herum schauen mich entsetzt an. Das Kreischen der Bremsen wird lauter und der Bahnsteig wird von Qualm eingehüllt. Alles schreit. Die Frau dreht sich schnell um und rempelt gegen meine linke Schulter. Noch einmal treffen sich unsere Blicke und sie grinst mir ins Gesicht. Dann packt sie mich mit beiden Händen an den Wangen und zieht mich zu sich. Ich bin völlig verwirrt. Sie gibt mir einen Kuss auf den Mund. Ich gehe darauf ein. Ich bin völlig ... ich weiß eigentlich nicht, was ich „völlig" bin – wer ich bin; sie kann, wenn sie will, alles mit mir machen. Ich starre ihr in die Augen, während sie mich küsst. Unsere Zungenspitzen treffen aufeinander und mich durchzuckt ein Blitz, der mich wehrloser macht, als ich es sowieso schon bin. Ich lasse alles geschehen, ich stehe einfach so da und erlaube ihr, mich zu küssen. Um uns Hunderte von Menschen, die in Panik umherrennen. Alles dreht sich. Geküsst von einer Mörderin.

Ich habe eine so extreme Erektion, dass ich das Gefühl habe, es zerreißt mich und eine Atombombe explodiert in meiner Hose. Anschließend beißt sie mir in die Unterlippe, was sehr schmerzt und mich gleichzeitig entzückt. Ich greife nach meiner Lippe und halte sie fest. Ich bleibe wie angewurzelt stehen. Ich schaue sie an. Alles ging so schnell, das hätte ich nicht gedacht. War es doch ich, der sich vor die Bahn werfen wollte; sie hätte mir einen Gefallen getan, wenn sie es bei mir gemacht hätte. Das fabelhafteste Wesen, das mir je begegnet ist. Ich hätte alles für möglich gehalten, aber nicht, dass sie in der Lage wäre, jemanden zu töten. Es gefällt mir. Es ist so tief wie ihre Augen. Ob sie dasselbe für mich tun könnte? Ich dürfte endlich vergessen.

Ich bin noch wie hypnotisiert, das kann nicht sein. Doch plötzlich verschwimmen die Erinnerungen, warum ich eigentlich springen wollte. Es ist weg und vergessen. Und bis ich wirklich begreife, was die Frau gerade gemacht hat, sehe ich, wie sie mir von der Rolltreppe aus mit demselben Blick – wie beim ersten Mal – in die Augen schaut.

Ein Mann kommt auf mich zu und brüllt mich an: „Sie sind verhaftet ...“ Aber ich will nicht hören, was er sagt, und ignoriere es; bekomme gerade noch mit, wie er die Handschellen festmachen will. Da stoße ich ihn heftig zur Seite, sodass er nach hinten fällt, und ich renne los in Richtung Rolltreppe. Ich will zu ihr. Mir ist egal, was gerade passiert. Ich haste auf den Metallstufen nach oben, zwei gleichzeitig, und ich will nur noch zu ihr. Da reißt mich etwas am Oberschenkel, aber ich laufe weiter. Es brennt und tut weh. Ich höre ein lautes Geräusch und gleichzeitig spüre ich einen Schlag an meinem Rücken sowie einen noch tieferen Schmerz in meinem Bauch. „Die haben mich!“, sagt eine innere Stimme zu mir und ich bleibe stehen. Ich kann nicht mehr weiterlaufen und schaue nach oben. Da steht sie, sie streift ihr pechschwarzes Haar zurück und mit einem Lächeln schaut sie mich an. Sie sieht aus wie ein Engel und ihr Blick ist immer noch tiefer als jeder Ozean. Ich komme ihr immer näher. Sie ist so schön und ich schaue ihr in die Augen. Ein harter Gegenstand trifft mich am Kopf. Ich schaue zurück und vor mir ist einer dieser Bahnbullen mit erhobener Hand und Schlagknüppel. Ein weiterer Schlag trifft mich mitten ins Gesicht.

Ich drehe mich wieder zu ihr und langsam sehe ich vor mir Nebel, der sie umhüllt. Ich verliere den Halt und sacke auf die Knie. Ein nächster Schlag gegen meinen Rücken. Ich muss husten und spucke dabei eine Ladung Blut vor mir auf die Rolltreppe, die in diesem Moment stoppt. Ich greife nach meinem Gesicht und fühle, dass alles feucht und warm ist.

Es sind wenige Stufen, die uns trennen. Mit meiner blutigen

Hand greife ich nach ihr. Ich will, dass sie mich zu sich zieht, so wie eben. Aber um mein Gleichgewicht zu halten, fasse ich nach dem schwarzen Handlauf. Ich schaue an mir herunter, alles dreht sich. Ich schaue wieder zu ihr nach oben. Sie ist weg! Ich weiß nicht einmal ihren Namen. „Du kannst mich nicht hier lassen. Du musst mir helfen!", winsele und flehe ich sie an. Ich schließe und öffne mehrmals hintereinander meine Augen und versuche, meine Balance zu halten. Ein weiterer Schlag streckt mich endgültig nieder und ich habe keine Kraft mehr. Meine Augenlider fallen zu.

## 4

*„Schnell, schnell, fahren Sie!"*

*Was zum Teufel soll das denn jetzt? Ich bemühe mich, schnellstmöglichst ins Auto zu steigen, ohne wirklich zu wissen, wer mir die Anweisung gibt. „Okay, das hätten wir." Eine junge Frau mit dickem Bauch! „Uniklinik, so schnell es geht." Ich lehne mich nach hinten in ihre Richtung. „Sie wissen, dass ich das nicht muss!", sage ich ernst zu ihr. „Vor langer Zeit durfte ich beinahe Hebamme spielen. Glauben Sie mir, es würde Ihnen bestimmt nicht gefallen." Und dabei fange ich an zu grinsen.*

*„Nein, nein, es ist nicht so, wie es aussieht."*

*Ups, denke ich – das war jetzt aber ein Riesenfettnäpfchen vom Allerfeinsten. „Entschuldigung!"*

*Oh Scheiße, aber ich hätte schwören können, dass die Frau schwanger ist. „Ich bin im siebten Monat! Es geht nicht darum, dass ich entbinden muss! Ultraschall – ich bin viel zu spät!" Erleichtert puste ich meine Luft aus, die ich in diesem Moment angehalten habe.*

*Eine ganze Zeit lang ist zwischen mir und meinem Fahrgast Stille. Kein einziges Geräusch, nur der Motor und das leise Geticke meiner alten Zeitschaltuhr sind bei genauem Hinhören wahrzunehmen und ich erinnere mich daran, wie ich Vater geworden bin. Als ich meine Kleine damals das erste Mal in den Armen gehalten habe, mit ihren Fingern gespielt habe. Ein unglaubliches Gefühl, voll von Freude und Angst. Die Ungewissheit, was passieren würde, war noch nie so groß. Als ich in der Nacht nach Hause gefahren bin, war es, als hätte ich die Tage zuvor gefeiert und gesoffen. Ich war völlig fertig. Schlimmer noch, als hätte ich an einem Ironman teilgenommen. Ich ging von Zimmer zu Zimmer. Aus einer ehemaligen Junggesellenwohnung war ein Zuhause für eine Familie geworden. Plötzlich war alles fremd. Ich kam mir vor, als hätte ich den falschen Schlüssel und stünde in einer anderen Wohnung. Das Einzige, was mich an meine alte Höhle erinnerte, war eine Stehlampe, die ich bestimmt hundertmal vor dem Sperrmüll gerettet habe.*

*Wie oft wollte Kerstin diese Lampe schon wegschmeißen.Ja – so schnell kann es gehen. So ist das eben, wenn eine Frau die Gewalt über dein Heim bekommen hat.*

*Wenige Tage vor der Geburt hatten wir, besser sie, das Zimmer eingerichtet und ich bin auf allen vieren durch die Wohnung gekrochen, um Kindersicherungen in die Steckdosen zu fummeln. Warum bei einem Säugling so ein Theater machen, das hätte man doch auch später machen können. Aber nein, die Königin befahl und der Leibeigene machte das, was man ihm befahl, von Steckdose zu Steckdose.*

*Was habe ich wegen dieser blöden Dinger schon geflucht. Aber dann hieß es nur: „Was du dich immer anstellst, das geht doch ganz einfach! Einmal so und so, drin!" Mit den*

Händen auf den Hüften stand sie dann triumphierend vor mir.

Worauf ich antwortete: „Ja, ja, du hast auch die kleineren Finger." Was sie immer wütend werden ließ, wenn ich das zu ihr sagte. „Ja, ja heißt ‚leck mich am Arsch'! Verarschen kann ich mich selber."

„Ach, Kerstin, ich hab dich lieb!"

„Wie bitte, hallo, was haben Sie gerade gesagt?" Mit diesen Worten werde ich aus der Vergangenheit zurück in die Gegenwart geholt. „Nichts!", antworte ich kurz.

„Wie lange werden wir noch brauchen?", fragt sie mich mit einem genervten Unterton. „Wir sind bald da." Ich schaue an der Ampel über den Rückspiegel zu ihr. Sie schaut aus dem Fenster. Wie alt wird sie sein? Nicht älter als 20, vielleicht auch erst 18 oder 19 Jahre, aber nicht älter, als wir es damals gewesen sind. „Wissen Sie schon was es wird?" Sie schaut zu mir und schüttelt ihren Kopf. „Wir wollen es uns nicht sagen lassen. Ich finde es auch so viel spannender."

Ich nicke und versuche mich wieder auf den Verkehr zu konzentrieren. Ich kann mich noch sehr gut daran erinnern, dass wir es wussten, wir hatten zuvor bei einer Partie „Maumau" darüber entschieden, ob wir es uns sagen lassen oder nicht. Kerstin wollte es sich sagen lassen und ich nicht, wer als erstes dreimal hintereinander gewonnen hat, entscheidet. „Haben Sie selbst auch Kinder?" Bei der Frage bekomme ich eine Gänsehaut. In meinem Hals ballt sich ein Kloß, der es mir kaum erlaubt zu atmen. Ich ziehe ein Stück an meinem Kragen und ein kleines Stück öffne ich das Fenster. „Geht es Ihnen gut?", fragt sie mich besorgt.

„Doch, doch, mir geht es gut, alles in Ordnung." Beunruhigt fragt sie mich nochmals: „Ist wirklich alles okay? Sie sehen plötzlich irgendwie blass aus!" Ich hebe die Hand als Aufforderung, dass sie damit aufhören soll, weiter Fragen zu stellen. „Glauben Sie mir, es ist alles in Ordnung." Und ich zeige auf den noch etwas klein aussehenden Gebäudekomplex der Uniklinik. „Sehen Sie, wir sind fast da ..."

## Sophie

Es klingelt!
Ich habe dich schon so oft besucht. Du liegst wieder an derselben Stelle, so wie gestern. Ich kenne deine Schlafphasen besser als jeder andere. Zum Einschlafen legst du dich auf den Bauch. Wenn du dich im Halbschlaf befindest, liegst du wie ein Baby auf der Seite, leicht gekrümmt. Und im Tiefschlaf liegst du dann auf dem Rücken. Es ist so einfach, ich hoffe, du verstehst, was ich meine. Am liebsten habe ich es natürlich, wenn du auf dem Rücken liegst, und ich, die kleine Kerstin, werde dir mit meinem kleinen, aber sehr handlichen Vorschlaghammer den Unterkiefer mit einem einzigen Schlag wegsprengen. In dem Moment, wenn du deine Augen öffnest, zerschmettere ich deine Stirn. Aber für heute habe ich mir etwas ganz Besonderes ausgedacht. Ich will, dass du mich siehst, mir vor Qualen in die Augen schaust, so wie ich in deine – damals, du weißt schon wann! Und wenn du dich nicht mehr erinnern solltest, werde ich dir helfen, ja, helfen werde ich dir. Denn heute, komm näher, komm schon, ja, gut so, denn heute werde ich dich töten.

Es klingelt!

Es ist Sonntagmorgen und ich stehe vor dem Spiegel im Flur und unterhalte mich mit mir. Ich schaue auf die Uhr, es ist 4:30 Uhr. Ich bin wach, muss mich beeilen, wieder so schnell wie möglich einzuschlafen. Um Mitternacht habe ich dich das letzte Mal besucht und das jetzt soll der letzte Besuch werden. Der letzte von bestimmt über tausend. Ich gehe in die Küche, um mir ein Glas Wasser zu holen, und dann gehe ich aufs Klo, um meine Blase zu entleeren. Ich will nicht unnötig wach werden, um zu pinkeln. Aus meinem Kleiderschrank hole ich eine Axt. Die Axt ist schwer, aber liegt sehr gut in der Hand. Ich stelle die Axt an mein Bett, und so gehe ich bewaffnet schlafen. Ich versuche schnellstmöglich einzuschlafen, um noch heute Morgen einen Überraschungsangriff zu starten.

Es klingelt!

Mit dem Gedanken an dich lege ich mich hin. Seit fast einem Jahr bist du in meinem Kopf, und heute soll Schluss sein. Nichts bleibt unbestraft! Ich selbst kann so nicht weiterleben. Lange habe ich mich darauf vorbereitet, oft habe ich dich hingerichtet, gepeinigt und gequält, aber jetzt werde ich es vollenden.

Es klingelt!

Ich drehe mich zur Seite. Ob ich nochmals einschlafe? Viel Zeit habe ich nicht mehr. Nicht dass du wach bist, bevor ich bei dir bin – meine Mühe wäre umsonst und ich müsste dich heute Nacht wieder besuchen.

Es klingelt!

Ruhe kehrt ein und ich bin mir sicher, fast bei dir zu sein. Ich laufe wie immer den langen Flur entlang. Es sind unzählbar viele Türen. Hinter jeder dieser Türen schläft jemand und träumt seinen Traum. So wie ich meinen Traum träume, mit dem Unterschied, dass ich in die Träume von anderen hineinsehen kann, oder jemanden besuchen kann, während die Menschen träumen. Ich selbst liege auch hinter irgendeiner dieser Türen. Einmal habe ich mich selbst besucht. Ich war bei mir, habe mich gesehen. In meinen Armen lag meine Tochter, sie weinte. Immer wieder rief sie nach mir: „Mami, Mami!" Ich konnte sie nicht beruhigen. Ihr Kopfkissen presste ich gegen ihren Unterleib, das Blut floss in Strömen aus Sophie heraus. Ich schrie aus Verzweiflung und Panik. Das, Zimmer wo du dich befindest, braucht keinen Namen und keine Zahl, ich weiß, wo ich dich finden kann. Der Gestank, der aus dem Inneren des Raumes kommt, ist derselbe wie der von Sophies blutigem Unterleib.

Es klingelt!

Vorsichtig öffne ich deine Tür, ein diffuses Kerzenlicht erhellt nur sehr spärlich das Zimmerinnere. Es sieht aus wie immer, so wie ich dich heute Nacht das letzte Mal besucht habe. Die Wände sind kahl und um dein Bett, das inmitten des Raumes steht, sind wie bei einem Altar unterschiedlich große Kerzen aufgestellt.

Mit meiner Axt in der Hand gehe ich langsam zum Bett und flüstere: „Wie schön, du kannst dir nicht im Traum vorstellen, wie es sein wird – welch ein Geschenk ich MIR mache.

Wenn ich dir erst unterhalb des Knies dein Bein abhacke. Du wirst überrascht aufschreien, aber dann wird es schon zu spät für dich sein. Du kannst nicht mehr aufstehen – bis du begreifst, was als Nächstes passiert, habe ich dir schon das andere abgehackt. Du wirst aufrecht sitzen und schreien, mir in die Augen sehen und winseln. Du hältst deine blutigen Stumpen fest. Und das wird dann genau der Moment sein, in dem du mir das letzte Mal in die Augen schaust, bevor ich dir mit einem Hieb deinen Kopf vom Hals abtrenne.

Es klingelt!
Ich ziehe das Laken zur Seite. Das Bett ist leer. Ein Telefon steht mittig auf der Matratze.

Es klingelt!
Ich drehe mich um. Was soll das? Drehe mich zurück zum Telefon und starre das Telefon an. Das ist nicht ...
... nicht mein Traum. „Joe – wo bist du?", flüstere ich leise zu mir selbst. Das ist ein Trick, oder?! Ich nehme das Telefon in die Hand.

Es klingelt!
Ich drehe mich zur Tür. Ich hatte sie offen gelassen – und jetzt ist sie zu!

Es klingelt!
Ich halte meine Hand an den Telefonhörer!

Es klingelt!

Ich hebe den Hörer an mein Ohr.

Es klingelt!

Ich öffne meine Augen, alles verschwommen. Schlaftrunken nehme ich das Telefon von meinem Nachttisch, aber ich höre nur einen Piepton. Ich lege wieder auf.

Es klingelt!

Ich spreche in den Hörer: „Wer ist da?" Ich warte, Stille. „Hallo – wer ist da? Joe – bist du das?"

„Du kennst meinen Namen?" Erwartungsvoll hatte ich auf seine tiefe, raue Stimme gewartet, aber ich hätte nicht gedacht, dass ich so erschrecken würde, wenn ich sie höre.

„Ich glaube, den wirst du auch nicht so schnell vergessen – was!" Ich halte meine Axt vor Angst so fest, dass man glauben könnte, ich wolle den Holzstil zerbrechen.

„Will da MAMI noch etwas erledigen? Hallo MAMI. Hat MAMI etwa Angst? Du zitterst. Was hast du diesmal vor, willst du mich mit der Axt vierteilen?"

„Mit der Axt?", frage ich mich selbst. Woher weiß er, dass ich eine Axt bei mir habe? Fragend drehe ich mich zu allen erdenkbaren Seiten um. „Du machst ganz böse Sachen, MAMI!" Ich schaue mich wieder suchend um.

„MAMI, vergiss es, du hattest deine Chance – jetzt bin ich dran!"

Es klingelt!

Ich höre Schritte hinter mir, lasse das Telefon fallen und

drehe mich sofort um.

Vor mir steht Joe und in seinen Armen hält er Sophies toten Körper. Sie hat ihr blaues Nachthemdchen an – wie damals. Ihre Beine sind blutverschmiert und das Unterhöschen ist bis zu ihren leblosen Knöcheln heruntergezogen. Aus Entsetzen lasse ich meine Axt fallen. „Du Schwein! Schwein! Nein, neiiin, du elendiges Schwein – du, du – ahhhhhhhhh!"

„Na, MAMI, was kann grausamer sein als das? Aber vergiss nicht, das hier ist die Realität." Als er das sagt, streckt er mir Sophie entgegen, dann zieht er sie wieder zu sich und gibt ihr einen Kuss auf die Stirn. „Schau selbst, sie ist mein Opfer! Das, was du hier machst, ist ein Traum und du wirst mich nicht töten können. Verstehst du?" Er lässt den Körper von Sophie auf den Boden fallen und mit einem großen Schritt steigt er über den Leichnam und kommt direkt auf mich zu. Ich bleibe starr stehen, kann mich nicht bewegen, bin wie versteinert. Mit einem Griff hebt er die Axt vom Boden auf, packt mich an den Haaren. „Na, MAMI, hättest nicht noch mal kommen dürfen. Das hier ist nämlich meine Zeit, meine Welt der Traumjagd. Aber dafür ist es jetzt zu spät!"

„Joe, nein! Joe, bitte! Joe, das tut weh! Joe, du wirst mich umbringen!"

„Haha – was glaubst du! Wir sind ja nicht zum Spaß hier, oder, MAMI?"

Es klingelt!

Er zieht mich zum Tisch, ich taumle hinter Joe her. Ich stöhne und schreie vor Schmerzen, immer wieder versuche ich mich zu befreien, was meiner misslichen Lage keine Verbesserung bringt. Ich versuche nach ihm zu schlagen oder einfach nur nach ihm zu greifen – vergebens. Mit einem Zug liege ich auf einem Blechtisch. Er packt mich am Hals, ich bekomme kaum noch Luft. „Na, MAMI, wie fühlst du dich?" Es ist kalt, ich bin nackt, absolut wehrlos, ich kann mich nicht bewegen, alles taub. Aber ich antworte nicht auf seine Frage. Wo kommt der Tisch her, wo ist das Bett? Der Raum sieht anders aus als sonst. Überall blaue Kacheln. Auf der rechten Seite ist ein großer Leuchtkasten an der Wand, am Milchglas hängt ein Röntgenbild. So etwas kenne ich nur aus einem Krankenhaus. Auf der anderen Seite ist die Wand mit unterschiedlichsten Werkzeugen behängt. Sieht aus, als wäre ich bei einem Schlosser in der Werkstatt. Ein mir unbekanntes lautes Geräusch lässt mich zusammenzucken. Wieder schaue ich zur rechten Seite hinüber. Joe dreht sich mit einer Säge zu mir um, nimmt seine blutverschmierte Schutzbrille hoch. „Ich bin gleich so weit, zwei, drei Schnitte und ich bin fertig." Schrill kreischt wieder dieses Ding auf und ich kann mich nicht bewegen. „Fertig! Jedes Mal dieselbe Sauerei. Aber jetzt endlich zu dir, MAMI. Hatte noch eine Kleinigkeit zu tun. Ich mag es nicht, Dinge nicht zu vollenden." Mit einer Handbewegung zeigt er mir sein Werk einen Tisch weiter. Ich schnaufe, stöhne, winsele aus Entsetzen, mir wird schlecht und ich möchte mich übergeben. „Gefällt es dir nicht? Es ist wie ein Puzzle. Hier ein Stück vom Arm, dort ein Ohr und das da, mmh – ist ja auch egal, weiß ich jetzt auch nicht!"

Es klingelt!
Joe streicht mit seiner Säge über mein Bein, hoch in Richtung

Schritt. „Das hat Sophie besonders gut gefallen. So ein kleines Luder – hatte viel Spaß dabei, die hat geschrien und gestöhnt. Wie willst du es, auch hier oder lieber etwas höher? Du bist eine von denen, die genau wissen, wie sie es wollen, was? Schön langsam, langsam und qualvoll. Komm, sag es mir, ich werde dafür sorgen, dass es genau so passiert. Du darfst dir es aussuchen, MAMI!" Ich will mich wehren, will aufstehen, kann mich immer noch nicht bewegen, alles ist so kalt – bin ich schon tot? Das Einzige, was ich bewegen kann, sind mein Kopf und meine Augen. Ich will Joe anschreien, bespucken, will ihm sagen, was ich denke. Aber aus meinem Mund kommen nur unverständliche Laute, ich schreie. Ich muss wach werden! Mit der Säge streift er über meinen Bauch und umkreist weiter oben, im Lauf einer Acht, meine Brust. Und an meinem Hals lässt er die Säge ruhen.

„Weißt du, dass du einen schönen Hals hast? Es wäre echt schade." Und Joe drückt mit seiner Säge fest zu. Ich muss husten. „Es wäre ein glatter Schnitt, es ginge schnell, zu schnell – was meinst du? Du bist wunderschön, weißt du das? Bedauerlich, ja sehr bedauerlich ist, dass Sophie so jung sterben musste, sie hätte bestimmt deine Figur bekommen. Für ihr Alter, wie alt ist sie gewesen? 13 oder 14 Jahre jung? Bestimmt nicht älter. Jedenfalls hatte sie noch nicht diese gereifte Form deiner Figur, bis auf deinen Busen. Hätte ich vorher gewusst, was mir da entgangen ist, wäre ich bestimmt bei dir schwächer geworden. Vielleicht werde ich dich bald mal besuchen. Aber jetzt zurück zu Sophies Titten. Beachtlich, dass eine 14-Jährige solche Brüste haben kann! Und, MAMI, deine sind genauso bezaubernd wie die deiner Tochter. So fest wie bei deiner Sophie. Halt, jetzt weiß ich, was hier los ist – die sind gar nicht echt. Die sind aufgeblasen."

Mit einem lauten, schrillen, aufkreischenden Ton startet die Säge. „Ich werde sehen, ob die echt sind oder nicht!"

Ich presse meine Augen so fest, wie es nur geht, zusammen und in diesem Moment wird die Säge ausgeschaltet.

„Noch nicht, MAMI, das hebe ich mir für später auf."

Mit einem Lachen dreht er sich von mir weg und verschwindet im Nichts. Ich muss wach werden!

Es klingelt!

Krampfhaft versuche ich aufzustehen, aber mein Körper bleibt leblos liegen. Verdammt, ich muss wach werden. „Na, MAMI!" Joe packt mich wieder an den Haaren. „Ich helfe dir!" Ich sehe, wie er die Axt hebt, und mit einem Ruck zieht er an meinen Haaren, dabei drücke ich meinen Hals nach oben. „So ist gut!" Das Letzte, was ich sehe, ist wie die Axt auf meinem Hals ...

Es klingelt!

Ich öffne meine Augen, wieder alles verschwommen. Es ist hell, fast zu hell. Es schmerzt in meinen Augen. Durch das geklappte Fenster höre ich die Vögel singen. Genauso verschlafen wie ich sagt Sophie „Guten Morgen" zu mir. „Mein Liebling, bist du wieder zu mir ins Bett gekrochen, kleine Piratenmaus. Guten Morgen, mein Schatz!" Ich gebe Sophie einen Kuss auf die Stirn und dabei fällt ihr abgetrennter Kopf von meinem Bett.

Es klingelt!
Ich reiße meine Augen auf und taste mein Bett ab. Greife mir an den Hals und nach meiner Axt. Alles noch da!

Es klingelt!
Ich schaue auf meine Uhr, die auf dem Nachttisch steht. „8:00 Uhr." Daneben steht ein Bild von Sophie, das letzte, das ich von ihr gemacht habe. Ich nehme es in die Hand und schaue ihr in die Augen. Eine ganze Weile. Drücke es an meine Brust. Ich fange an zu weinen.

Es klingelt!
Vom Mörder noch keine Spur, man weiß noch nicht einmal, wer es gewesen sein könnte.

Es klingelt!
Heute wäre sie 15 geworden.

Es klingelt!
Im Morgenmantel gehe ich an die Tür. „Wer ist da?"

Es klingelt!
„MAMI, ich bin's!"

„... meine Tochter wäre heute 15 geworden. Sie wurde von einem Unbekannten vergewaltigt und ermordet. Meine Frau hat es nicht verkraftet und liegt hier in der Psychiatrie!"
Einfach so sprudeln die Worte über meine Lippen. Ich wundere mich selbst darüber, dass ich so offen mit ihr rede. Aber diese Frau ist mir vertraut und die Wärme, die von ihr ausgeht, tut gut. Vielleicht liegt es daran, dass sie schwanger ist, aber etwas sagt mir, dass ich die Frau kenne. Als ich zu ihr hinüberschaue, schaut mich mein schwangerer Fahrgast mit Entsetzen an. „Oh Gott, das ist ja furchtbar, es tut mir Leid. Ehrlich, glauben Sie mir!" Sie ist völlig verwirrt, weiß nicht mehr, wo sie hinschauen soll. „Das braucht es nicht, woher sollten Sie das auch wissen!" Das erste Mal seit langem fühle ich mich gut. „Hat man den Täter?" Ich schaue zu ihr rüber „Nein noch nicht! Ehrlich gesagt, glaube ich nicht daran, dass man ihn finden wird." So wie sie jetzt dasitzt, wirkt sie blass und klein, fast schon wie ein geprügeltes kleines Schulmädchen. Mit zitternder Stimme fragt sie mich: „Wie ertragen Sie das?" Eine wirklich gute Frage. Mit meiner Hand streife ich durch mein Haar, schaue durch die

*Windschutzscheibe nach oben in den klaren Nachthimmel und sage zu ihr: „Ich habe aufgehört zu schlafen. Wissen Sie, einfach aufgehört zu schlafen! Der Gedanke, meiner Kleinen, die immer mein Baby sein wird, nur noch im Traum zu begegnen, mit ihr zu sprechen, zu spielen, sie bei einer Umarmung zu berühren und zu küssen, bevor sie schlafen geht, würde mich wahrscheinlich in den Zustand bringen, wo sich jetzt meine Frau befindet." Meine Stimme fängt an zu zittern und ohne Rücksicht auf meinen schwangeren Fahrgast greife ich nach meinem Päckchen Zigaretten, um mir eine anzuzünden.*

*„Sie haben aufgehört zu schlafen?" Ich nicke. „Ja, genau, ich habe aufgehört zu schlafen und deshalb fahre ich nachts!" Ich nehme einen großen Zug. „Tagsüber komme ich nicht dazu und nachts fahre ich. Das lenkt ab." Sie schaut mich an und mir wird es unangenehm. „Sie dürfen nicht aufgeben, daran zu glauben, dass der Mörder gefunden wird." Ich nehme einen letzten tiefen Zug von der Zigarette, lasse das Fenster herunter und werfe sie raus. „Wir sind da, Sie müssen gehen, sonst kommen Sie noch später, als Sie es ohnehin schon sind." Sie lächelt und sagt zu mir das, was fast alle zu mir sagen: „Es wird alles gut gehen, glauben Sie mir. Und versuchen Sie zu schlafen. Egal wovor sie Angst haben, Sie müssen sich irgendwann der Tatsache stellen." Ein Vorschlag, den ich nicht befolgen kann. Sie greift sich um ihren Bauch. „Ich weiß, dass sich das einfacher sagen lässt, als es ist, und ich will auch nicht die Erfahrung machen müssen." Es gefällt mir, dass sie offen und ehrlich mit mir redet. „Glauben Sie mir, das ist eine Erfahrung, die niemand*

von uns gebrauchen kann. Für Ihr Baby werden Sie stark sein müssen, immer auf der Hut sein, dann wird bestimmt nichts passieren." Sie gibt mir das Geld in die Hand. „Der Rest ist für Sie. Und gehen Sie einen Kaffee trinken!" Und bevor sie die Wagentür schließt, sage ich noch: „Vielen Dank, ich wünsche Ihnen viel Glück mit dem Baby!" Und in diesem Moment schließt sich die Beifahrertür. Bis sie hinter der Glastür verschwindet, schaue ich ihr nach. Dann greife ich zum Handschuhfach, um das letzte Foto von Sophie herauszuholen. Sie ist genauso hübsch wie ihre Mutter. Dabei fällt mir zum ersten Mal auf, wie groß sie doch schon ist. Sie war immer meine Kleine, mein Baby. Ich erinnere mich an die Wasserspritze, die ich auf unserem Dach installieren wollte, für die Jungs, die meiner Tochter nachstellen. Jedem Einzelnen hätte ich es gegeben, und ich sah mich schon auf meiner Kommandobrücke stehen. Was hatte ich doch für eine Angst, meine Tochter an einen anderen zu verlieren, so einen hässlichen, pubertierenden, pickeligen Bub, und heute würde ich es mir wünschen. Wünschen, die Zeit umzukehren. Seit langem muss ich weinen und ich lasse es zu. Mit dem Handrücken wische ich mir die Tränen aus meinem Gesicht. Wenn jetzt ein neuer Fahrgast zu mir steigt, was soll der denken? Ich muss lachen. Das mit dem Kaffee ist eine gute Idee. Ich greife zu meiner Thermoskanne und gieße mir einen Schluck in meine Tasse. Wenn ich schon hier bin, könnte ich Kerstin besuchen. Das letzte Mal, als ich bei ihr gewesen bin, liegt schon zwei bis drei Wochen zurück. Sie war wie immer ans Bett gefesselt und schlief. Es war kein schöner Anblick, wirklich nicht. Sie mussten ihr die Haare abschneiden.

*Eines Nachts hat sie sich einen Teil selbst herausgerissen. Das Ganze wiederholte sich an verschiedenen Abenden und Nächten. Auf den Rat der Ärzte veranlasste ich, ihre Haare abzuschneiden. Sie wird nicht einmal mitbekommen, dass ich da bin. Voll gepumpt, wie sie sein wird, mit all den Tabletten und Infusionen, wird sie selbst nicht mehr wissen, wer sie ist. Doch jetzt bin ich schon mal hier.*

## 02:14 Uhr

Es ist finster, alles schwarz – auch dann, wenn ich meine Augen öffne. Erst denke ich, es ist ein Traum, aber schon sehr schnell merke ich, dass es nicht so ist.

Die Bettdecke ziehe ich über meinen Kopf und meine Füße sind auch darunter vergraben. Durch den kleinen Schlitz suchen meine Augen einen Punkt, den ich fixieren kann, aber es ist einfach zu dunkel. Ich kann nichts sehen. Ich weiß, dass es wieder da ist, aber sehen kann ich es nicht. Genau genommen habe ich es noch nie gesehen, aber gefühlt, und das sehr stark. Ganz langsam greife ich blind nach meinem Rollo, das ich ein Stück nach oben lasse. Schnell ziehe ich meine Bettdecke wieder über meinen Kopf und bleibe so lange unter der Decke, bis ich fast keine Luft mehr bekomme. Ich schaue erneut über meine Bettdecke und langsam gewöhnen sich meine Augen an das Licht, das durch den Nachthimmel in mein Zimmer scheint. Durch mein Fenster kann ich ganz gut den sichelförmigen Mond sehen, der mich langsam beruhigt, und das schwache Licht füllt mein Zimmer mit blauer Farbe. Nach einem kurzen Moment werde ich mutiger.

Mein Blick geht langsam wieder über die Decke, die ich unter meine Nase gezogen habe, und ich schaue zum Schrank, zu meinem Schreibtisch, auf dem auch mein kleiner Fernseher steht, und zur Tür. In diesem Moment kommt wieder die innere Kälte in mir hoch, die mir sagt, es ist ganz nah bei dir, ganz nah. Ich bekomme wieder große Angst. Unter meiner Decke bin ich geschützt. Da kommt es nicht hin, obwohl es ein Leichtes wäre, sie mir wegzunehmen; aber das macht es nicht, vielleicht wäre es auch zu einfach. Die nachfolgende Stille macht mich verrückt. Ich wünschte, dass jemand hier bei mir wäre, aber es ist keiner da, mit dem ich sprechen könnte. Ich schätze, dass wir 2 oder 3 Uhr haben. Um diese Uhrzeit wird nicht ein Einziger, den ich kenne, noch wach sein, und anrufen kann ich auch niemanden. Ich kann noch nicht einmal meinen Fernseher einschalten. Der steht zu weit weg und meine Eltern nebenan würden sich bedanken, wenn ich zu denen rübergehe – peinlich wäre es auch. Ich höre ein leises Kratzen, dann ein Wischen, als ob jemand mit der flachen Hand über die Tapeten streicht, um etwas zu suchen. Und dann höre ich Schritte, leise immer näher kommende Schritte. Meinen Körper habe ich vor lauter Zittern kaum noch unter Kontrolle. Wie gebannt schaue ich zu meiner Zimmertür, die sich mit einem leisen Quietschen einen kleinen Spaltbreit öffnet. „Oh nein, lieber Gott, bitte, bitte nicht!", höre ich mich leise winselnd zu mir sagen und dabei zucke ich kurz zusammen, ziehe meine Decke ein Stück höher und sehe, wie im Bad das Licht angeht.

Erleichtert rufe ich nach meiner Mama und springe aus dem Bett Richtung Bad, öffne meine Zimmertür und stehe wie angewurzelt vor unserem großen Spiegel im Flur. Ein kalter Windstoß fährt durch mein Haar und drückt meinen Körper so stark zurück, dass ich mein Gleichgewicht verliere und nach hinten falle. Mit einem lauten Schlag schließt sich meine Zimmertür und ich stoße mit meinem Rücken dagegen, sodass ich doch nicht umfalle. In voller Größe sehe ich mich im Spiegel und stehe einfach nur so da. Ich kann mich nicht bewegen, ich will schreien, kann es aber nicht. Nach mehreren Versuchen kommen dann doch seltsam leise Laute aus meinem Mund, die voller Qual und Entsetzen sind.

Im Bad erlischt das Licht und es ist wieder dunkel.

Da höre ich wieder das Geräusch, wie in fast jeder Nacht. Das erste Pochen ist noch weit weg. Beim zweiten Pochen wird es lauter, dann folgt das dritte und vierte Pochen und es kommt deutlich näher und beim fünften Mal ist es so laut, dass es direkt vor mir sein muss.

Es hat mich, jetzt hat es mich, es hat mich rausgelockt. Sein Atem ist kalt, ich spüre den eisigen Hauch in meinem Nacken und eine Gänsehaut überflutet meinen ganzen Körper. Jedes kleinste Härchen steht wie eine Antenne in der Luft.

Den Spiegel, ich hasse diesen Spiegel, und das weiß es. Ich habe es durchschaut. Es ist ein Seelenfänger. Ich weiß es, und dein Partner ist die Standuhr, die aussieht wie ein Kindersarg. Und jetzt, jetzt hast du mich aus dem Bett gelockt. „Was willst du machen, warum ausgerechnet ich, ich bin erst 13 Jahre alt, warum ich?" Es schaut mir stumm und direkt in die Augen. Ich sehe zwar mich, aber ich weiß ganz genau, dass du das bist. Ich versuche meinen rechten Arm zu heben, um das Licht im Flur anzuschalten, aber die Kraft, die dagegenhält, ist unbeschreiblich groß und an meinem Handgelenk fängt es an zu brennen. Plötzlich – klick – das Licht ist an. In diesem Moment kann ich mich von meinem Spiegelbild lösen und flüchte in mein Zimmer ins Bett. Die ganze Nacht beobachte ich voller Angst meine Tür, die geöffnet ist, aber irgendwann werden meine Augen schwer und ich schlafe doch ein. Als ich am Morgen wach werde, ist mein Rollo nach unten gezogen und die Tür geschlossen.

Ich weiß, dass es da ist, dass es existiert. An meinem Handgelenk kann ich es sehen.

Es wird kommen.

Vielleicht nicht heute, aber morgen, und morgen ist es bestimmt wieder da, um mich zu holen.

-6-

*Als ich aussteigen will, steht auch schon ein Mann an meiner Tür und fragt: „Sind Sie frei?"*

*„Gerettet!", denke ich. „Ja klar!" Dabei klopft er auf mein Dach und springt fast über meine Motorhaube, öffnet ratzfatz meine Beifahrertür, und schwupp, sitzt er schon neben mir. Der Typ macht mich schwindelig „Supi, glauben Sie mir, heute ist mein Glückstag." Ich schaue zu ihm rüber: „Okay, und wohin darf es gehen?"*

*„Ach ja, ich fahre, nein, nein, hehe, Sie fahren. Sie sind ja der, der fährt. Sie sind der Taxifahrer, aber natürlich, Sie sind der Fahrer. Ludwigstraße, Ludwigstraße, wissen Sie, wo das ist? Sie fahren erst mal Richtung Bahnhof, von da aus dann auf die Mainzer. Nein, nein, Sie müssen in die Parallelstraße der Düsseldorfer und von da aus geht es dann um die Ecke, dann sind wir schon in der Ludwigstraße. Kennen Sie dieses Zoogeschäft, gegenüber von der Straßenbahnhaltestelle? Das gibt es aber nicht mehr. Also das Zoogeschäft, das ist weg. Genauso gibt es auch nicht mehr die IMOLS. Internationale-Mafia-Organisation-Ludwigstraße. Cool, was? Das ist ein Name! IMOLS, besser als im Film. Warriors oder Riffs,*

*kennen Sie die? Oder die Wanderers, die waren auch cool.*
*Echt cool, so cool wie die Namen der Jungs: Joey, Richy und*
*Perry. Die müssen Sie doch kennen!" Ich muss leider mit*
*dem Kopf schütteln. „Noch nie gehört, ehrlich!"*

*„Ist ja auch egal. Ach, ist das schön heute, heute ist*
*mein Glückstag. Ich bin draußen, durfte endlich raus,*
*ja, heute durfte ich raus. Aber morgen soll ich noch mal*
*vorbeikommen wegen der Papiere. Ehrlich, Mann, oh Mann,*
*warte jetzt schon den ganzen Tag, die haben mich vergessen.*
*Die sind alle verrückt, das kann ich Ihnen sagen, die sind*
*alle verrückt. Ich werde einen Freund besuchen, der wohnt*
*in der Ludwigstraße. Da fahren wir jetzt auch hin. Stimmt*
*doch, oder??!! Ja, wir fahren in die richtige Richtung und*
*über die Brücke, das sehe ich schon. Guck, guck, sehen Sie*
*den Bahnhof? Gleich sind wir da. Die vielen Lichter, ist es*
*nicht schön? Wir könnten vielleicht einen Umweg fahren, um*
*noch mehr von den Lichtern zu sehen. Aber nein, ich will*
*nach Hause. Das heute ist mein Glückstag, wissen Sie." Ich*
*brauch eine Pause! Endlich hat er aufgehört zu reden. Das*
*geht ja wie bei einem Wasserfall. Warum bin ich nicht zu*
*Kerstin gegangen? Wenn ich den hinter mich gebracht habe,*
*werde ich auch eine Einweisung für die Klapse benötigen.*
*Der Typ ist ja völlig Banane. Vom Alter her dürfte der nicht*
*viel ... „Da, da! Sehen Sie, wir sind gleich da, hier ist der*
*Bahnhof. Scheiße, das ist die Südseite mit ihren schwulen*
*Strichern und, hehe, da drüben sind die Frauen, die Nutten.*
*Früher waren die besser, heute sind die voll mit Drogen. Alle*
*voll damit, die meisten haben Aids, glaube ich." Wie bei einer*
*Touristenrundreise bewegt sich mein Kopf von links nach*

*rechts. Der Typ könnte ein Frankfurt-Scout sein. Vor allem einer, der nicht sagt: „Hier der Platz von Goethe", sondern: „Hier drückte sich ein Johnny seinen goldenen Schuss." Verrückt, ich bin begeistert und sehe die Stadt plötzlich von einer mir unbekannten Seite. „Langsam, Sie müssen links rüber, links, links, genau. Die Ampel ist grün. Ja, die Ampel ist grün, ich sagte Ihnen ja, dass heute mein Glückstag ist. Früher waren hier viele Pelze, alles voll von Pelzen. Aber die gibt es heute nicht mehr, wie das Zoogeschäft. Alle weg. Können Sie mir sagen, wie viel Uhr wir haben, weil – ich glaub, ich muss eine meiner Tabletten nehmen. Nicht dass ich wieder ganz wirr im Kopf werde. Verstehen Sie?" Und der Typ neben mir lacht sich krumm und schief. Und ich denke: „Jetzt ist es zu spät!" Apropos zu spät, ich schaue auf meine Uhr. Oh mein Gott, ist es schon so spät? Jetzt muss ich lachen und mein Verrückter denkt, dass ich mit ihm lache. Nachdem wir uns beruhigt haben, sage ich ihm die Uhrzeit und er schreit: „Tablettenzeit!" Er klopft seine Jackentasche ab. „Moment, hab sie gleich. Machen Sie die Uhr aus, wir sind doch schon da." Ich gehorche und schalte auch noch gleichzeitig den Wagen aus. So etwas habe ich schon lange nicht mehr erlebt. „Da sind sie!" Er hält mir einen weißen, röhrenförmigen Behälter unter die Nase und fragt mich: „Haben Sie vielleicht etwas Wasser?" Ich schüttele meinen Kopf. „Geht auch Kaffee?"*

*„Ja, ein kleiner Schluck langt."*

*Da ich immer ein paar Plastikbecher dabei habe, gebe ich ihm einen halben Becher voll, den er mit seinen Tabletten auf einen Schluck leer trinkt.*

„Danke!" Der Typ ist voll durch den Wind. Der hätte besser in der Klinik bleiben sollen, glaube ich. „Hier das Geld, abzählen und nicht bescheißen! Ich zähle mit. Sehe alles, wie ein Spiegel, und ich brauche eine Quittung. Wir sind da, kann es kaum glauben. Ob es noch hier ist? Ich werde es sehen – bestimmt. Ich kann Ihnen sagen, das wird eine Überraschung! Wissen Sie, ich habe heute nicht Geburtstag. Es ist viel besser als das."

„Na dann, trotz allem herzlichen Glückwunsch."

„Danke!"

„Dann hoffe ich, dass Ihr Glückstag ein unvergessener bleibt." Ohne noch etwas zu sagen wirft er die Tür zu und klopft wie zu Beginn auf mein Dach und öffnet wieder die Tür. „Wissen Sie, als Kind hatte ich immer diese Träume, alle dachten, ich hätte sie nicht mehr alle, aber das war nicht so, ich kann es Ihnen zeigen. Glauben Sie mir." Er greift an die Sonnenblende und klappt sie hinunter. „Da, sehen Sie, hier ist auch einer." Dann flüstert er mir zu, dass ich ihn kaum verstehen kann: „Es sind die Spiegel, verstehen Sie? Das sind alles Räuber, böse Diebe, aber ich darf nicht darüber reden, weil sie mir nicht glauben. Niemand glaubt mir. Sie könnten es hören." Er flüstert weiter: „Niemand will mir glauben. Sie glauben mir auch nicht, oder? Aber das ist egal, irgendwann kommt es zu euch und dann sagen Sie: ‚He, dieser Typ, der aus der Anstalt, wie sein Name gewesen ist, weiß ich nicht mehr, aber der hat die Wahrheit gesagt! Damals hockte er genau hier an meiner Seite, genau da, wo Sie jetzt sitzen.‘ Ja, das werden Sie sagen. Ich sehe es und weiß, dass Sie Angst vor der Wahrheit haben. Ihre Augen verraten es, Sie sind erschöpft und müde! Der Spiegel, ich sage Ihnen, das hat was mit den Spiegeln zu tun. Sie sehen sich darin, Sie koksen darauf und schauen sich beim Vögeln zu und der Spiegel saugt Sie langsam und unauffällig auf. Jaaaa, das ist so, und heute werde ich da hochgehen." Mit ausgestrecktem Arm zeigt er nach oben. „Und ich werde ihn vernichten, jede einzelne Scherbe in mich aufsaugen, um im Spiegel zu versinken!" Er wirft die Tür zu und verschwindet!

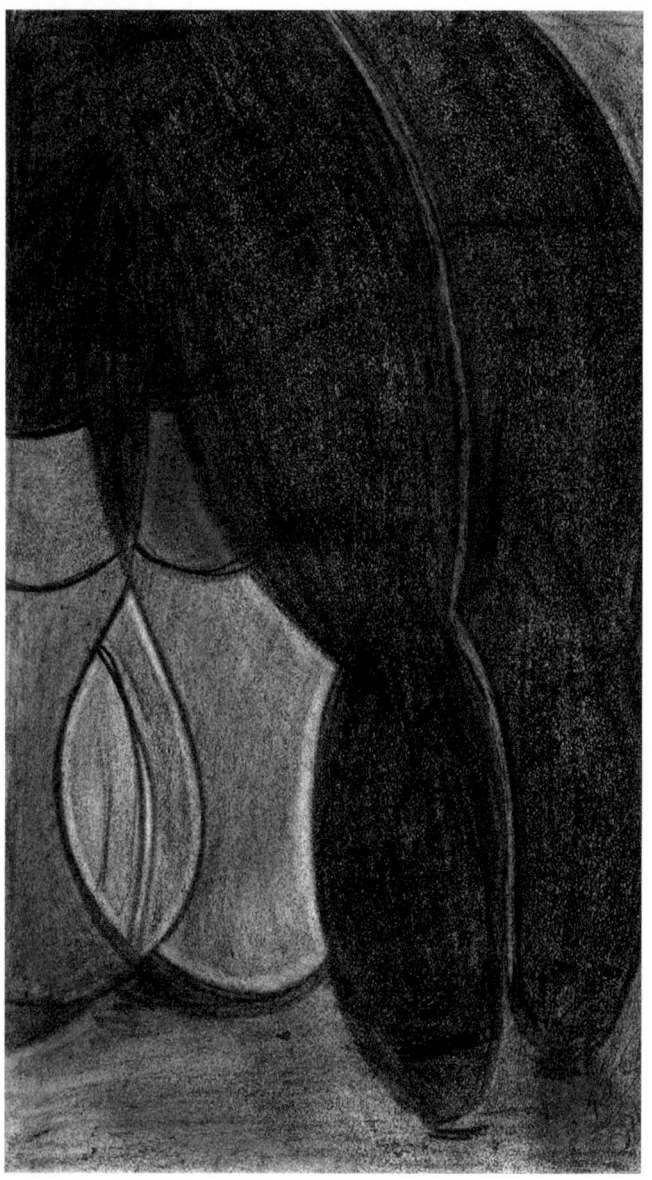

88

**Vorspeise**

Er sitzt auf dem Bett und schaut mir zu, wie ich mich anziehe. Es stört mich nicht, weil ich weiß, dass es ihn mehr als nur anmacht, wenn er mir dabei zusieht. Um ehrlich zu sein, finde ich es auch sehr anregend.

Als ich meinen Slip anziehe, beuge ich mich extra weit nach vorne und strecke ihm so meinen Po entgegen, dass er seinen Blick auf meinen runden, wohlgeformten Hintern nicht abwenden kann. Oft hat er mir schon gesagt, wie schön meine fleischig rosigen Hügel zwischen meinen Beinen sind und wie sexy es ist zu sehen, wie die prallen Lippen das kleine Stück Stoff regelrecht auffressen.

Ich schaue über meinen Rücken in den Spiegel, und wenn oberhalb des Pos nicht das kleine schwarze Dreieck aus seidenem Stoff zu sehen wäre, könnte man glauben, dass ich kein Höschen anhätte. Ich klatsche mir selbst auf den Allerwertesten und füge hinzu: „Der ist viel zu fett!?", was ich absichtlich wie eine Frage betone.

„Ja, ja, Schatz, viel zu fett. Mach das bitte noch mal, das hat wirklich gut ausgesehen." Ich höre sein Lachen, das mir nur zu gut sagt, dass er Gefallen daran hat.

„Das hättest du gerne, was?" Ohne etwas zu sagen, aber mit einem breiten Grinsen im Gesicht liegt er mit dem Rücken am Kopfteil und lässt keinen Augenschein von mir ab und genießt, wie ich in meinen schwarzen Seidendessous etwas zum Anziehen suche. Heute Abend sind wir zum Essen mit Freunden verabredet, lange habe ich schon überlegt, was ich anziehen könnte, aber ich weiß es bis jetzt noch nicht. Ich könnte tausend Sachen haben, doch für den richtigen Augenblick ist nicht das Geringste im Schrank. „Was soll ich anziehen?" Worauf ich mir im Voraus nicht viel Hoffnung mache, eine vernünftige Antwort zu bekommen. „Keine Ahnung – geh nackt!" Damit habe ich gerechnet – ich bin genervt! „Haha, natürlich, und kaum bin ich aus dem Haus, da werde ich verhaftet wegen öffentlichen Ärgernisses. Verdammt, ich muss noch meine Nägel lackieren, aber das dauert zu lange, und ich habe immer noch keine Ahnung, was ich anziehen soll!" Greife nach einer Jeans, wobei ich mir nicht wirklich sicher bin, ob das für heute wirklich passend ist. „Lackier deine Nägel und zieh das rote Trägerkleid an und die Stöckelschuhe mit den Riemchen. Du weißt, welche ich meine. Mach es!" Natürlich weiß ich welche, wenn es nach ihm ginge, dürfte ich nur so herumlaufen. Das ist langweilig. „Wir wollen doch nur was essen gehen, und außerdem finde ich das Outfit nicht passend, irgendwie billig." Ich hatte mir eigentlich das Kleidchen für zu Hause gekauft, wir wohnen unterm Dach und im Sommer ist es hier fast unerträglich heiß. Da hatte ich mir dieses Teil gekauft, weil es leicht und sehr luftig ist, und außerdem ist es fast durchsichtig. Wenn das Licht im richtigen Winkel steht, kann man ziemlich genau meine Brust, Po und Beine sehen. Egal ob ich einen BH und einen Slip darunter anhabe, ich würde mich in der Öffentlichkeit echt nackt fühlen. „Was – billig, billig ist scharf – mach es!" Mach es? Das hört sich an wie bei einer 0190-sexsexsex-Nummer. „Mal schauen, ich weiß noch nicht." Ich gehe ins Bad, um ein Handtuch, Nagellack und Watte zu holen. Als ich wieder im Schlafzimmer bin, setze ich mich direkt vor ihm auf das Bett, um meine Fußnägel zu lackieren. „Was wirst du anziehen?", frage ich ihn. „Ich werde den neuen Anzug anziehen und ..." Mitten im Satz unterbreche ich ihn. „Was hast du vor?", frage ich überrascht. „Wir gehen mit Jan und seiner neuen Flamme ins Loft 14. Findest du das mit dem Anzug nicht etwas übertrieben?"

„Dann sag du mir, was ich anziehen soll."

Ohne lange zu überlegen ziehe ich meinen Slip aus und werfe ihm das kleine Stück Stoff zu. „Hier, zieh das an!"

„Was – spinnst du? Das ziehe ich nicht an!"

„Doch, das wirst du, sonst werde ich in Jeans und Sportschuhen ausgehen, und schminken werde ich mich auch nicht. Und das mit meinen Fußnägeln kannst du auch vergessen. Ja, und Sex – Sex wirst du für die nächsten acht Wochen auch vergessen können!"

„Ich glaub, du spinnst! Ich zieh das Ding nicht an."

„Glaub, was du willst, aber ich an deiner Stelle würde es nicht darauf ankommen lassen!" Mit einem ungläubigen Lächeln nickt er mir zu, schüttelt seinen Kopf und zieht langsam seine Unterhose aus. Wenn der Kerl einfach so einen Damenslip anziehen würde, ich glaube, ich würde ihn auslachen oder sogar denken, dass mit ihm irgendetwas nicht richtig ist, aber in diesem Moment finde ich den Gedanken sehr sexy und spontan. „Wenn du willst, werde ich auch keinen Slip mehr anziehen und den BH werde ich auch weglassen, nur meine Pumps und das Kleid – sonst nichts. Wie findest du die Idee? Ich weiß, dass du darauf stehst." Der Gedanke macht mich scharf und ich spreize meine Beine und streiche mit meinen Fingern über die Innenseiten meiner Schenkel. Das hätte ich nie gedacht, dass mich das jetzt total anmacht, aber noch erregender finde ich, ihn gleich in meinem String zu sehen. „Na", frage ich, „gefällt dir das?" Mit meinen Fingern streiche ich langsam über die im Moment heißeste Stelle meines Körpers. Dann drücke ich die Hügel etwas auseinander, damit er genau sieht, was ich vorhabe. Mit Zeige- und Mittelfinger dringe ich langsam in mich ein. „Schatz, ist das heiß und feucht, ich habe das Gefühl, gleich verbrennen meine Fingerspitzen." Das ist hoffentlich nicht zu viel für ihn. Mit offenem Mund sitzt er vor mir und anscheinend weiß er wirklich nicht mehr, was er machen soll. „Du bist ein Miststück, weißt du das!" Ich nicke und strecke ihm meine zwei Finger zum Kosten entgegen. Genüsslich nimmt er meine Finger in den Mund und probiert davon. „So, mein Schatzi, das muss langen, und ohne mein Höschen hast du später jederzeit die Möglichkeit, von mir zu kosten, wenn wir beim Italiener sind – du verstehst, was ich meine. Und jetzt lass mich meine Nägel lackieren und zieh endlich den Slip an!" Keine zwei Sekunden später hat er das Höschen angezogen und es macht mich noch mehr an, als ich gedacht habe. Ihn in meinem Slip so vor mir sitzen zu sehen, ich kann meine Augen nicht mehr davon lösen. Es ist unheimlich sexy, seinen schon leicht angeschwollenen Schwanz in dem feinen seidenen schwarzen Spitzenstoff zu beobachten. Das macht mich so heiß, dass ich mit meinem Fuß anfange, seine Hoden zu massieren. Schnell wird sein Ding noch größer und es wird so riesig, dass seine Eichel aus dem feinen Seidenstoff glänzend heraussticht. „Was soll das, ich dachte es reicht, wolltest du nicht deine Nägel lackieren?" Och, macht der jetzt auf Dummerchen, ich krieg dich – immer! „Ich will doch auch was davon haben. Wie gefällt dir das?" Ohne eine Antwort auf meine Frage zu bekommen, spüre ich, wie er sich langsam mit seinem Fuß zart an meinem Bein hocharbeitet. „Na, na, was machst du da?"

„Ich gebe dir das, was du willst." Doch nicht so dumm.

„Woher willst du wissen, was ich will?" Und ich spüre ganz deutlich, wie er mit seinen Zehen in meinem Scharmhaar spielt und wie er langsam immer tiefer streicht und in mich einzudringen versucht. Mein ganzer Unterleib, der die ganze Zeit schon sehr heiß ist, fängt an zu glühen. Mit meinen Fingern umkreise ich meine kleine Perle, die neugierig wie eine kleine Antenne aus ihrem heißen Versteck herauslugt. Sein Zeh spielt jetzt auch damit und ich führe in einem erst langsamen, dann immer schneller werdenden Rhythmus meine Finger in mich hinein. Er nimmt mein freies Bein in die Hand und küsst meinen Fuß, streicht über meine Waden und nimmt die Zehen in den Mund. Es kitzelt leicht. Er führt meinen Fuß zu seiner Brust, die groß und muskulös zugleich ist. Mit meinen Zehen spiele ich an seinen Brustwarzen und unkontrolliert versuche ich mit den Zehen eine von seinen Brustwarzen festzuhalten, um daran zu ziehen. Kurz darauf führt er den Fuß zu sich in den Schritt und ich massiere mit meinen beiden Füßen sein riesiges Teil. Genießerisch und mit geschlossenen Augen und weit geöffnetem Mund sitze ich mit schwerem Atem vor ihm. Etwas lauter höre ich seinen Atem, der auch immer schwerer wird, was mich weiter zum Wahnsinn treibt. Ich beiße mir auf die Unterlippe, um ein Stöhnen zu unterdrücken, und mit meinen Füßen drücke ich wie verrückt gegen seinen ... Oh, oh, ich glaube, nein, nein, das ist viel zu schnell – aber ja, ja, ja, gleich, gleich komme ich. Ich beiße mir fester auf die Unterlippe, so fest, dass es schon schmerzt. Der Druck auf meine Perle wird stärker und stärker, genauso wie der Rhythmus meiner Finger in mir. Und ich stoße mir jetzt mit vier Fingern gleichzeitig in so schnellen Abständen in meine mittlerweile völlig nassen ... Uh, ist das heiß, und wie eine Lavaflut durchströmt ein langes, süßes Zucken meinen Körper. Gleichzeitig spüre ich, wie ein heißer Schwall meinen Fuß befeuchtet. Völlig geschafft lasse ich mich nach hinten fallen und noch immer zuckt mein Unterleib, der wie verrückt kocht. „Oh, wow, wenn das die Vorspeise vor dem Italiener gewesen ist, wie wird dann Haupt- und Nachspeise?" Ich fange an zu lachen und gebe ein letztes, befriedigtes Atemgeräusch von mir.

Nach einer guten Stunde haben wir uns wieder von unserem kleinen bizarren Ausflug erholt und fertig gemacht.

Das Höschen musste er anlassen und wie versprochen trage ich das sehr aufreizende rote Trägerkleid ohne Höschen, aber mit BH, wegen der Schwerkraft. Die Pumps sind da, wo

sie hingehören: an meinen Füßen, und natürlich sind meine
Nägel auch lackiert!

Mal gespannt, was der Abend noch so bringt ...

## 7

*Am „Platz der Republik" stehe ich an der Ampel Richtung Galluswarte. Ich drehe den Rückspiegel so, dass ich mich darin sehen kann. Sieht man mir das wirklich an, dass ich müde bin? Und ich muss das erste Mal heute gähnen. Na ja, vorteilhaft sehe ich nun wirklich nicht aus. Okay, dann nur noch eine Fahrt und dann geht es ab nach Hause. Auf der gegenüberliegenden Straßenseite sehe ich einen alten Opel, rot mit weißem Dach. So einen hatte mein Vater mal, allerdings war der hellblau. Was war das für ein Modell gewesen? Ich glaube, ein Opel Rekord, genau genommen ein Olympia B Rekord. Das ist ein echter Flitzer gewesen und der ganze Stolz meines Vaters. Im Wageninnern sehe ich drei junge Typen sitzen, die offensichtlich viel Spaß haben. Ich muss unweigerlich an meine Fahrt mit den drei Professionellen-Vollbusigen-Beinen denken. Die waren echt klasse. Vielleicht fahre ich doch noch auf die Party. Ein Hupen weckt mich aus meinem kleinen Traum und ich sehe, dass die Ampel grün ist. Ich hebe meine Hand als Entschuldigung und gebe Gas. Mein Funkgerät kratzt und stört die momentane Stille, die sich im Wageninnern ausgebreitet hat. „Hannes, kannst du* ins Westend fahren? Savignystraße 14, Schuster."

„Alles klar, mache ich!" Und ich schaue, wann ich am besten wenden kann. Bis zur Savignystraße sind es höchstens zwei bis drei Minuten.

In der Straße angekommen sehe ich von weitem schon zwei dunkle Gestalten auf der Straße stehen, die mir zuwinken.

Langsam fahre ich auf die zwei zu. Ich lasse das Fenster herunter und frage: „Sind Sie Schuster?"

„Ja, das sind wir!" Und Herr Schuster steigt mit seiner weiblichen Begleitung hinten in mein Taxi. „Wo soll es hingehen?"

„Hanauer Landstraße, Loft 14!" Ich muss kurz überlegen, die Clubs in Frankfurt wechseln so schnell, dass ich nicht immer weiß, wo gerade ein neuer aufgemacht hat. Soviel ich weiß, war der Club vorher irgendwo in der Nähe vom Zoo.

„Ist das der Club am Glashaus?" Und sie sagt: „Ganz genau!" Ich nicke mit dem Kopf. „Alles klar!" Genau, den Besitzer hatte ich erst gestern gefahren. Er hatte nach meinem Geschmack zu viel getrunken, aber ansonsten ist er ganz brav gewesen und auf meinem Beifahrersitz eingeschlafen.

„Wenn Sie einen Zigarettenautomat entdecken, könnten Sie bitte kurz anhalten?", fragt mich der Mann. „Aber natürlich!" Freundschaftlich klopft er mir auf die Schulter. „Super!" Schon an der nächsten Kreuzung bleibe ich stehen. „Sehen Sie, da ist einer." Kaum gesagt, steht er am Automaten. Als ich in den Rückspiegel schaue, bemerke ich, dass seine Frau eine wirklich sehr freizügige Kleidung anhat, und ich frage mich, was die beiden heute noch so alles vorhaben. Bestimmt eine Menge Spaß. Ich kann nur zu deutlich erkennen, dass sie unter ihrem Mini-Trägerkleidchen keinen Slip trägt. Wenn sie sich weiter nach vorn setzen würde, hätte ich vielleicht die Chance, noch ihre Mandeln zu sehen. Volle Pracht und Durchzug zugleich. Ich muss lachen! Das ist wie bei der „Geschichte der O." – sie muss sich, glaube ich, mit ihrem nackten Arsch auf das kühle Leder setzen. Das ist dann auch das Einzige, was ich davon kenne.

„Wissen Sie, das ist das erste Date seit einer halben Ewigkeit. Unseren Sohn haben wir zu den Großeltern gebracht, worüber der Junge nicht gerade begeistert gewesen ist, aber da muss er durch, und wir nutzen es aus. Was sind wir doch für Rabeneltern!" Ich drehe mich zu ihr um und mein Blick geht sofort zwischen ihre Beine. Das Schlimme daran ist, dass sie es bemerkt hat und sofort die Tore schließt. Mein Kopf wird rot. „Entschuldigung, aber ..." Mir fällt es nicht mehr ein, was ich gerade zu ihr sagen ... äh, was ich sie fragen wollte, und ich drehe mich sofort wieder nach vorn um. Verdammt, die Frau sieht wirklich gut aus. Nicht nur, weil ich ihre Muschi sehen konnte, sondern, also das ist eine Frau, die so etwas durchaus anziehen kann, ohne billig zu wirken. Davon hatte ich ja heute schon welche, die das nicht von sich behaupten könnten. Mir wird sie aber bestimmt nicht den Kopf kraulen. Nach meinem Bekloppten von eben ist das eine echte Wohltat. Augenblicke, in denen ich meinen Beruf liebe. Quasi eine nackte Frau auf dem Rücksitz. Wieder muss ich grinsen. Ein Taxifahrertraum. Das ist so, als würde der Handwerker bei einer allein stehenden Frau die Waschmaschine reparieren und sie empfängt ihn im *seidenen Morgenmandel, der durchsichtig ist. Ein Klassiker von Traum, der zu selten, nein – besser nie wahr wird. Die Tür schlägt zu. „Wir können weiterfahren!" Meine Fahrgäste hinter mir tuscheln und kichern. Mal kommen kleinere Wortfetzen zu mir wie: „Hör auf, er könnte es sehen!", oder: „Bist du verrückt, nicht hier!", was ausgerechnet von ihm kommt. Ich hoffe, die machen mir keine Flecken auf die Sitze. Dann höre ich lautes Geschmatze, wovon ich dann doch nichts hören möchte, und ich schalte das Kassettenradio ein mit der Musik aus Südamerika. Muss plötzlich scharf bremsen, weil ein Idiot vor mir es sich an einer gelben Ampel doch anders überlegt und stehen bleibt. Ohne an meine beiden Liebenden zu denken, fluche ich laut und haue voll auf die Hupe. In diesem Moment bekomme ich von hinten einen Tritt gegen meinen Ellbogen. Erschrocken schaue ich nach hinten und sehe noch, wie sie versucht, sich ordentlich auf ihren Platz zu setzen, wobei sie mit ihren hohen Schuhen in meinem Sicherheitsgurt feststeckt. „Darf ich?", frage ich und deute auf ihren Fuß. „Ich möchte Ihnen nur helfen, da rauszukommen." Sie nickt. Sie hat einen wirklich schönen Fuß. Vorsichtig hebe ich ihn an. Dabei sehe ich, wie sie ihre Beine auseinander macht. Hannes, gleich ist alles überstanden und vorbei. „Geht das nicht schneller?!", ruft ungeduldig der Mann. Spaßbremse, jetzt wo es interessant wird. „Ihr Fuß ist draußen. Entschuldigen Sie bitte!" Worauf sie lachend erwidert: „Kein Problem, Sie haben mich gerettet." Dabei stößt sie grinsend ihren Mann zur Seite. Die weitere Fahrt über bleibt es ruhig, bis auf dass ihr Mann irgendwann zu ihr sagt: „Musst du dem gleich*

*alles zeigen?", und sie antwortet: "Du wolltest es doch nicht*
*anders. Komm, gib mir einen Kuss, ich will doch nur dich*
*und deinen süßen Slip!" Aha, auch das noch, der Kerl hat*
*ihre Hosen an – fragt sich nur, wer hier wirklich der Mann*
*im Haus ist. "Wie alt ist Ihr Kleiner?" Worauf sie mich fragt:*
*"Wie bitte?"*

*"Sie sagten mir, dass Ihr Sohn bei Ihren Eltern ist. Wie alt*
*ist der denn?" Und er antwortet. "Elf!" Ich bin überrascht,*
*das hätte ich nun doch nicht gedacht. "Schatz, ruf doch mal*
*bei deinen Eltern an und frag, ob mit dem Kleinen alles in*
*Ordnung ist!"*

*"Bestimmt, Süße!"*

*"Wenn ich dich schon darum bitte, dann mach das auch!"*

*Okay, sie hat die Hosen fester an als gedacht.*

*Du Armer!*

## 11te Stufe!

Für mich ist es immer wie ein Alptraum, in den Keller meiner Großeltern zu gehen. Ich hasse diesen Keller, es ist unheimlich durch die vielen kleinen Räume der Mieter in diesem Mehrfamilienhaus.

Immer wenn ich in den Keller muss, zähle ich die Stufen nach unten, so wie heute. Am Anfang bin ich noch sehr schnell, doch an der elften Stufe bleibe ich stehen. Rechts neben mir hängt ein altes weißes Schild mit schwarzer Umrandung und einem Totenkopf darauf mit dem Hinweis: „Betreten auf eigene Lebensgefahr!" Langsam gehe ich weiter.

Die Wände sind grau, an vielen Stellen ist der Putz ab und ich kann das Mauerwerk sehen. Der ganze Keller riecht nach nasser, modriger Luft. Das Licht ist düster und meine Schritte nach unten werden vorsichtiger. Als ich mich umdrehe, ist die Tür, die ich gerade geöffnet habe, schon sehr klein. Dumm ist, dass das Licht im Treppenhaus nicht länger als fünf Minuten an ist und sich automatisch ausschaltet. Ich habe sonst immer ein Streichholz in die Schalterritze geklemmt, aber seit einiger Zeit haben alle Lichtschalter einen Kunststoffschutz und nirgends besteht auch nur die geringste Möglichkeit, etwas dazwischenzuklemmen. Also muss ich mich beeilen! Stufe 14 und das Licht fängt an zu flackern. „Oh Mann, Junge! Mach dir nicht in die Hosen. Das passiert immer!" Und ich renne die letzten Stufen hinunter. So schnell, dass ich von den drei letzten Stufen abspringen muss. Mit einem gekonnten Haken biege ich direkt nach rechts in den Gang. Ich sprinte an mehreren kleinen Kellerparzellen vorbei bis ans Ende, wo die Kellertür von meinen Großeltern ist. Mit dem Schlüssel, den ich mir zuvor passend zwischen die Finger geklemmt habe, öffne ich sofort das Vorhängeschloss – Licht an – geschafft! „Mist, ich habe die Tasche mit den Flaschen vergessen. Die muss noch oben an der Tür stehen!" Über die Schulter blickend schaue ich in die Richtung, aus der ich gerade gerannt kam. Gerade als ich den nötigen Mut gesammelt habe, um wieder zurückzulaufen, höre ich jemanden die Kellertreppe herunterkommen und eine Stimme, die mir nicht bekannt ist, ruft: „Hallo, ist jemand hier unten?" Ich bleibe stehen und habe ein ungutes Gefühl im Magen. Die Stimme klingt beunruhigend und düster, ich bekomme Angst. Mehr Angst als je zuvor in diesem Keller. Ängstlich gehe ich in den Kellerraum meiner Großeltern, schalte das Licht aus und lehne mich von innen an die Tür. Durch die Holzlatten schaue ich neugierig und gespannt zugleich, wer das sein könnte. Anscheinend hat er meine Tasche, denn ich höre das Klirren der Flaschen. Der Unbekannte schaut rechts in meinen Gang und ruft ein zweites Mal: „Hallo, ist da jemand?" Die Stimme ist mehr als nur beunruhigend, die Stimme ist bedrohlich. Durch die Entfernung und das dunkle Licht kann ich nicht erkennen, wer das ist. Langsam kommt er auf meine Tür zu. Schnell verstecke ich meinen Kopf hinter einem Kartoffelsack, der als Sichtschutz an die Dachlattentür genagelt ist. Sehr ängstlich schaue ich durch eine kleine Ritze im Leinenstoff. Der Mann kommt immer näher. Ich kauere mich sehr vorsichtig in eine Ecke hinter der Tür und ziehe mir einen Kartoffelsack vom Stapel neben mir. Er bleibt vor der Tür stehen und stellt die Flaschen ab. Er schaltet eine Taschenlampe an und leuchtet in meine Richtung.

„Hallo?", höre ich jetzt direkt vor mir den Mann fragen. Ich spüre seinen schweren Atem und durch den Ritz im Leinenstoff kommt der Geruch von Fäulnis hindurch. Das grelle Licht der Taschenlampe durchbricht die Dunkelheit in meinem Schutzraum. Hoffentlich kommt der jetzt nicht hier rein und findet mich. Durch einen leichten Stoß öffnet sich die Tür nach innen und der Mann leuchtet mit seiner Taschenlampe in meine Parzelle hinein. Ich kann den Staub in seinem Lichtstrahl sehen. Er schließt die Tür, die etwas knarrt, und geht zurück. Das Geklirre der leeren Flaschen und die Schritte werden leiser und man hört, wie er weggeht. Es wird dunkel, das Licht hat sich ausgeschaltet.

Ich hole tief Luft und bin erleichtert, dass der Typ endlich weg ist.

Völlig unerwartet öffnet sich die Tür wieder. Ich erschrecke und kann nur schwer ein Aufstöhnen unterdrücken. Der Mann stellt die Tasche mit den leeren Flaschen nach innen in meine Parzelle und macht mit einem lauten Schlag die Tür zu. Mit einem „Klick-Klack" höre ich, wie der Mann das Vorhängeschloss schließt.

„Mist!" Sofort schaue ich durch die Ritze in die Dunkelheit und versuche zu beobachten, was der Mann macht.

Direkt neben mir schaltet der Mann das Licht ein. Ich ziehe meinen Kartoffelsack bis über meine Nase nach oben. Ich kann ganz gut in das Kellerinnere sehen. Der Keller ist fast leer. Ein paar Kisten in der einen und ein alter Spiegel in der anderen Ecke. Davor steht ein Stuhl, den er sich nimmt und ins Rauminnere stellt. Er kommt direkt auf mich zu, bleibt stehen und leuchtet prüfend in meinen Kellerraum hinein. Uns trennen gerade mal 30 Zentimeter und ein Dachlattengerüst als Trennwand. Er schaltet das Licht in seiner Kellerparzelle aus und geht zurück zum Stuhl.

Er stellt seine Taschenlampe mit Schein nach oben auf den Boden. Unheimlich und sehr düster wird der Raum durch das diffuse Taschenlampenlicht. Dann setzt er sich auf den Stuhl. Die Ellenbogen sind auf seine Oberschenkel gestützt, mit seinen Händen hält er seinen Kopf und streicht mit seinen Fingern durch seine Haare. Es ist sehr still, nicht das Geringste zu hören. Ich zittere.

Hastig steht er auf, stellt sich auf den Stuhl, greift über sich und holt eine Schlinge hervor, die er sich über seinen Kopf zieht.

Ich bin sehr überrascht und schockiert zugleich; mir schnürt es den Hals zu, als ich sehe, was der Mann macht. Trotzdem schaue ich ihm vollkommen entsetzt und mit einer seltsamen Art von Neugier bei seiner Tat zu. Ich könnte ihn davon abhalten, aber ich habe Angst, Angst davor, was passieren könnte, wenn ich ihm helfen würde. Der Mann zieht hinter seinem Kopf die Schlinge zusammen, dreht sich zum Spiegel um, wodurch ich ihn auch wieder von vorn sehen kann. Mit seinen Füßen stößt er seinen Stuhl zur Seite und fällt. In diesem Moment schreie ich, so laut es geht. Mit zappelnder, zuckender Bewegung dreht sich der Mann hängend zu mir um und schaut direkt auf mich. Seine Augen sind weit geöffnet und blutrot unterlaufen; mit seinen Armen und Händen greift er in meine Richtung. Seine Füße heben und senken sich wie bei einer Balletttänzerin.

Mit einem Satz springe ich von unserer Trennwand und lande auf den Flaschen, die der Mann zuvor dort hingestellt hatte. Seltsame Geräusche sind durch seinen Kampf gegen den Tod auszumachen. Ich schreie, stöhne und glaube, ich werde verrückt. Unter mir zerspringt das Flaschenglas, aber in diesem Moment stört mich das nicht. Voll in Panik suche ich meinen Schlüssel, um das Vorhängeschloss zu öffnen. Wo ist der Schlüssel? Mist! Wo? Scheiße, der hängt am Schloss. Ich schaue prüfend zu dem Mann rüber; seine Arme greifen immer noch nach mir und sein Kopf, der immer noch aufrecht und voller Kraft zu mir herüberblickt, wird blau. Aus einem Auge läuft Blut. Oh Gott, er beobachtet mich. Ich greife durch die Tür und fühle, dass am Schloss kein Schlüssel mehr ist.

„Scheiße, Scheiße!"

Ich schaue wieder zu ihm hinüber. Ich glaube, dass er mich angrinst. Dann sehe ich, dass an seiner Hose der Karabinerhaken meines Opas mit dem Schlüssel hängt.

„Oh nein, oh nein!"

Wie verrückt trete ich gegen die Tür und versuche, eine der Latten zu durchbrechen, und wie von Sinnen schreie ich mir die Kehle aus dem Leib. Immer wieder schaue ich zu diesem Mann hinüber, der keinen Blick von mir lässt, aber seine Arme hängen jetzt schlaff an seinem Körper herunter. Ein weiterer Tritt und die erste Latte bricht, direkt im Anschluss die zweite. Ich schaue wieder zu ihm hinüber und in diesem Augenblick fängt er wie wild an zu zucken und aus Augen, Nase und Mund fließt Blut. Seine Schreie sind dumpfe Laute, die sich wie ein Gurgeln anhören. Ich presse mich mit aller Gewalt durch die zerbrochene Tür, ohne auch nur einen Blick von ihm abzuwenden. Dann renne ich an der Wand entlang in Richtung Mittelgang und stoppe. Ich stehe jetzt genau an der Ecke, an der es links nach oben geht. Ich hole noch einmal tief Luft, schaue zur Treppe hoch und wieder zurück. Ein unerwartetes Stöhnen und Gepolter lässt mich so stark erschrecken, dass ich mir vor Angst fast in die Hosen gemacht hätte. Aber gleichzeitig ist das auch der Startschuss zum Losrennen. Zwei, vier, sechs, acht Stufen, ich rutsche aus und falle drei weitere Stufen die Treppe hinauf. Zwölf, mit meinen Händen voran krabbele ich weiter nach oben. 14, 16, 18, 20, Tür, geschafft – zu! „Nein, Scheiße!" Ich schlage gegen die Tür und nach dem Schalter, um das Licht anzumachen – mit einem „Peng" erlischt sofort das Licht in Sekundenschnelle. Im Keller ist es wieder finster. Schnaufend lehne ich an der Tür zum Flur. Ich schlage wie wild mit meinen Fäusten dagegen. Trete, was das Zeug hält, gegen die Tür, aber nichts passiert. Ich rufe um Hilfe. Warum auch immer, aber ich weiß, dass es hoffnungslos ist, was ich hier gerade mache. Ich schalte zwei, drei Mal prüfend den Lichtschalter, aber der funktioniert nicht mehr. Das Einzige, was ich im Moment sehen kann, ist das schwache Licht 20 Stufen unter mir. Es ist still, totenstill, kein Laut mehr zu hören. Ich bin in einer Gruft – in einer Gruft gefangen.

Scheiße, ich kann da nicht zurück. Das macht mich wahnsinnig. Der hat nach mir gegriffen. Warum habe ich nichts gesagt? Ich habe ihn nicht umgebracht. Ich kann doch nichts dafür. Er ist tot. Der wollte das so! Und ich gehe sehr langsam die Stufen zählend nach unten zurück. „Elf!" Und ich will nicht das Schild sehen mit der Aufschrift: „Betreten auf eigene Lebensgefahr!" Ich gehe weiter. „12 – 13." Ich bleibe wieder stehen und hole tief Luft. „14 – 15 – 16 – 17." Die Stille wird durch ein quietschendes Geräusch unterbrochen. „18 – 19 und Stufe 20!" Ich bleibe unten an der Ecke stehen und lausche nach dem Quietschen, das von dort kommt, wo sich gerade der Typ aufgehängt hat. Ich gehe an der gegenüberliegenden Wand entlang. Meine Brust bewegt sich auf und ab. Ich bin zittrig und habe eine wahnsinnige Angst. Der Typ ist tot, aber das glaube ich nicht. Der wusste die ganze Zeit, dass ich da bin – das weiß ich. Das Licht wird heller und ich kann sehen, dass die Taschenlampe jetzt auf dem Boden liegt und in Richtung Gang leuchtet. Ich bin fast an seiner Kellertür und das Quietschen hat immer noch dasselbe, monotone Geräusch wie an der Ecke. Mir wird kalt. Einen kurzen Augenblick bleibe ich wie angewurzelt stehen und atme tief ein und aus. Ich will das nicht, ich will da nicht rein. Aber wenn ich nicht da reingehe, komme ich nicht mehr hier raus. Ich brauche den Schlüssel! Ich stoße vorsichtig die Tür nach innen auf, die sich quietschend öffnet. Mein Herz schlägt wie verrückt. Leer, alles leer. Der Stuhl steht

wie zuvor im Inneren des Raums und ... Mir wird eiskalt.
Der Stuhl steht – und der Schlüssel meines Opas liegt drauf!
Wo ist der Mann? Überrascht drehe ich mich um und etwas
kommt aus der Dunkelheit auf mich zugerannt. Vor Schreck
schnelle ich ins Parzelleninnere und stolpere fast über den
Stuhl. Ich schaue in den dunklen Gang zurück. Still, alles ist
still. Etwas steht an der Tür, aber ich weiß nicht, was oder wer.
Ohne hinzuschauen nehme ich den Schlüssel in die Hand. Ich
drehe mich zum Spiegel und eine Stimme sagt zu mir: „Jetzt
hab ich dich, es ist das, was ich schon immer wollte!", und im
Innern des Spiegels kann ich den Mann sehen, wie er einfach
so da hängt. Wie er mich mit ausgestreckten Armen zu sich
winkt. Das Spiegelbild wird größer und größer. Auf diese Art
und Weise kommt er auf mich zu. Mir wird schlecht, alles
dreht sich und ich sehe mich im Spiegel, ich sehe, wie ich
so da hänge. Die Augen sind rot unterlaufen und aus meiner
Nase rinnt Blut. Ich bekomme keine Luft mehr und greife
nach meinem Hals, um die Schlinge zu lösen. Das wird
jetzt mein Todeskampf sein. Ich sehe mich im Spiegel und
der Strick schneidet in meine Haut am Hals. Ich kann mit
meinen Fingern nichts mehr greifen, weil überall Blut ist,
alles nass und triefend. Meine Beine und Füße werden kalt
und schwer wie Beton. Ich falle zu Boden. Ich sehe wieder
in den Spiegel, greife sofort prüfend an meinen Hals und ins
Gesicht – nichts. Ich versuche aufzustehen, mir ist immer
noch schwindelig. Ich blicke nach oben und vor mir hängt
der Mann. Ich ziehe mich am Hosenbein des Erhängten nach
oben. Vom Mann im Spiegel strömt das Blut aus dem Hals
auf mein Gesicht. Ich stöhne und schreie in Panik, packe die

Taschenlampe und renne los, so schnell ich kann, den Gang entlang, linksherum und die Treppe hinauf. Zitternd stecke ich den Schlüssel ins Schloss. Scheiße – wie im Film, der erste Schlüssel ist falsch. Ich will nur hier raus. Der zweite, der zweite, ja, der passt. Ich drehe den Schlüssel im Schloss herum und dabei bricht er mir ab. Das gibt's doch nicht! Und ich kreische etwas selbst mir Unverständliches. Mit meinen Fäusten schlage ich wie verrückt gegen die Tür. Ich bin erschöpft, fertig, ich kann nicht mehr, ich winsele flehend: „Du hast mich, hol mich! Mach, was du willst!" Mit dem Rücken an die Tür gelehnt rutsche ich in die Hocke, um auf das zu warten, was als Nächstes passiert.

Das Licht der Taschenlampe geht aus!

## 8

*Am Loft 14 angekommen, geht es wie im fliegenden Wechsel, wobei ich doch jetzt Schluss machen wollte. Vier Typen steigen zu mir ins Auto, obwohl ich mir schon jetzt lieber wünsche, dass sie draußen geblieben währen. „So, Alter, du fährst Henninger-Turm, ‚Game-Place', klar?!" Alle Alarmanlagen gehen in mir an. Okay, Hannes, die Jungs werden dich die ganze Fahrt über beobachten, egal was du machst. Sie werden dich versuchen zu provozieren, also bleib cool und konzentrier dich auf die Fahrt. „Lass die Uhr aus, ich zahle so. Machen wir 10 Euro, klar?"*

*„Nee, das geht nicht!" Auch das noch, jetzt wollen die mit mir handeln. „Nee, nee – was soll die Scheiße, willst du 15? Sag was!"*

*„Sorry, Jungs, das geht wirklich ..."*

*„Was willst du Pisser?", giftet mich der Typ an, der hinten in der Mitte sitzt. „Glaubst du, wir sind Jungs, oder was? Bist du schwul, Alter?"*

*„He, Sammy, beruhige dich, lass den Wichser in Ruhe." Ich bin etwas erleichtert, aber so richtig erlöst bin ich erst dann, wenn die aus meinem Wagen verschwunden sind.*

*„Beruhigen, Mann!? Hast du sie nicht mehr alle, oder was? Der Penner sagt ‚Jungs‘ zu uns. Bin ich sein Boy oder was? Ich lass mich doch von dem nicht in den Arsch ficken!" Ich schaue rechts zu meinem Beifahrer hinüber, der sich gelassen eine Zigarette anzündet. Ich öffne den Aschenbecher. „Nimm!" Der Typ reicht mir sein Päckchen. Das ist dann immer so etwas wie eine Falle. Nehme ich eine, hat er mich, nehme ich keine, tut er so, als wolle ich ihn beleidigen. „Ich will keine, später vielleicht" Der Typ nickt. „Los, nimm!" „He, Mann, der Typ will dich verarschen!" Über den Rückspiegel schaue ich nach hinten. Ich greife nach seinen Zigaretten, die er mir aber sofort vor den Fingern wegzieht. Das muss ich mir wirklich nicht gefallen lassen. Ich hole meine Kippen hervor und stecke mir eine in den Mund. Der Typ macht ein Streichholz an und reicht es mir. Dabei schaut er mir genau zu. Es ist ein sehr seltsames Gefühl. Ich kann nicht sagen, dass ich Angst habe, aber unwohl fühle ich mich schon dabei.*

*Dass ich den Aschenbecher geöffnet habe, wird gnadenlos ignoriert. Seine Asche landet direkt im Fußraum. Was sind das doch für Riesenarschlöcher. Ich kann nicht verstehen, warum die so etwas machen. Der hinter mir fängt an zu brüllen: „Merkst du das nicht, der will uns ficken, Mann, Scheiße!" Dann ergreift der Beifahrer das Wort: „He, lass ihn, Mann, keiner will dich oder sonst wen in den Arsch ficken. Der Typ hat Schiss, lass ihn seinen Job machen und halt deine Fresse!"*

*„Fick du mich nicht auch noch. Ich gebe dem 15 und er sagt*

*nein. Ich sag dir, Alter, der will uns alle ficken, Mann."*

*„Klar, uns alle, und mit dir fängt er an!" Sammy lässt sich nach hinten fallen und winkt ab. „Scheiße, Mann, weißt du, Taxifahrer, ich bin Sammy!" Dabei klopft er sich mit der Faust auf die Brust. „Ich bin der Gott hier, die Zukunft Mann. Verstehst du!" Ich nicke. Alles klar, du bist der Gott, und wenn du willst, werde ich zu deinem schlimmsten Alptraum, hohoho. Was für eine Scheiße, was soll das jetzt noch ...*

*„Taxifahrer, bleib einfach cool, dann wird nichts passieren." Ich schaue zum Beifahrer, der mich blöde angrinst, und auf die Uhr. 21:36 Uhr. Mist, es ist viel zu früh, als dass ich jetzt schon Feierabend machen könnte. Diese Fahrt noch, dann wird endlich Schluss sein, das kann ich vergessen. Die zwei Typen haben sich beruhigt und die anderen beiden hinten jeweils rechts und links am Fenster sind nicht wirklich anwesend. Bestimmt haben die was eingeschmissen. „Weißt du, ob wirklich Heiko mit seinen beiden JUNGS da ist?" Wobei ich beobachten kann, dass er zu mir schaut, als er das betont. „Bist du sicher, Mann? Ich brauch den Scheiß, weißt du, damit geht's voll ab. Kennst du diesen Arsch vom Bahnhof, Mann, weißt du, den großen mit der Scheißfresse?" Diese Dialoge gefallen mir, ein Niveau, das jeder am liebsten im Klo runterspülen würde. In Sachsenhausen stehe ich wieder an einer Ampel und neben mir der alte Opel. Der ist mir bis jetzt noch nie aufgefallen, und heute sehe ich diese Kiste schon ein zweites Mal. Im Original hat der zwar kein weißes Dach, aber der sieht echt gut aus! Das war das Baujahr 1966, der wurde nur ein Jahr gebaut, der Vorgänger hatte runde Scheinwerfer, der hier hat schon die Form des C-Rekords.*

*Vorm „Türken" bleiben sie stehen, holen sich bestimmt einen Döner, oh ja, so einen könnte ich jetzt auch liebend gern verdrücken. Ich sehe noch, wie die drei aus dem Wagen steigen und im Innern des Dönerladens verschwinden.*

*Am „Game-Place" lasse ich die Typen raus und mein Freund, der Beifahrer, tritt seine zweite Kippe im Fußraum aus und bezahlt die Rechnung. Plötzlich klopft es an meine Scheibe und der Typ namens Sammy spuckt mir gegen mein Fenster und brüllt: „He, Arschficker, da drin sind noch drei weitere Kumpels, und wenn ich dich noch einmal sehe, machen wir dich alle!" Mit einer Handbewegung deutet er an, dass er mir die Kehle durchschneidet, dann verschwinden die vier. Ich fahre hinter das Gebäude, um mein Fenster zu reinigen, und entferne die Kippen des Beifahrers. Jetzt mache ich erst einmal Pause! Ich setze mich auf meine Haube und zünde mir eine Zigarette an.*

*Eine gute halbe Stunde später mache ich mich auf, um weiterzufahren. Als ich um das Gebäude herumfahre ... „Das darf nicht wahr sein!" Wieder sehe ich dieses rote Auto mit weißem Dach, aber die drei Jungs sind nicht da. Ich steige aus, um mir das Auto aus der Nähe zu betrachten. Vor lauter Neugier vergesse ich, das Auto auszumachen, was mich in diesem Moment nicht interessiert. Ich bin überrascht, wie schön das Teil glänzt und funkelt. Da hat sich aber einer Mühe gemacht. Der Wagen ist liebevoll restauriert, eine saubere Sache. Es fehlt zwar der Tankdeckel, aber dafür glänzt ein kleiner unauffälliger Schriftzug in Airbrush „Olympia B".*

*Sowohl das Chrom der Zierleisten als auch die Stoßstange und viele andere kleine Details sind perfekt, sehen aus wie neu, und von innen alles weiß. Die Sitze mit Leder überzogen, Lenkradschaltung und vorn eine durchgehende Sitzbank. Natürlich hängen ein paar Plüschwürfel am Rückspiegel. Ich bin begeistert. Schade, dass man so etwas nur zu selten sieht. Ich gehe zu meinem Wagen zurück und schenke mir die letzte Tasse Kaffee ein – leer. Mist! Wäre nur zu schade, wenn die drei zu diesen Pennern von eben gehören.*

**Freitag Nacht**

Das Gerüttel hört nicht auf und verschwommen erkenne ich Leuchtstoffröhren, die an die Decke montiert sind. Ich spüre einen starken Druck auf meinem Kopf. Ein Beutel hängt über mir und wackelt hin und her. Mein Blick folgt dem Schlauch, der davon abgeht, ich kann aber nicht erkennen, wo dieser endet. Ein Mann in einer orangeroten Weste sitzt neben mir und hält meinen Arm.
Dunkelheit.

Meine zwei Kumpels Kalle, Andy und ich sitzen auf der Motorhaube meines Autos und beobachten am Sachsenhäuser Mainkai die Frachtschiffe, die vorüberziehen, und die untergehende Sonne im Westen. Der Anblick, wie sich die letzten roten Sonnenstrahlen einen Weg durch die Frankfurter Skyline bahnen, ist fantastisch. Kalle und Andy versuchen vergebens, sich einen Joint zu bauen, was aber wie immer damit endet, dass ich dieses Ding basteln muss. „Aber rauchen könnt ihr die Tüte dann selber?", frage ich die zwei ironisch. „Wieso, Dennis, willste auch mal?", fragt mich Kalle, was ich mit einem „Nein" beantworte. Die wissen, dass ich davon nichts halte, versuchen es aber immer wieder aufs Neue. Mich lässt es kalt, mich interessiert dieser Scheiß nicht.

Dunkelheit.

Mir wird kalt und ich fange höllisch an zu frieren. Etwas Grelles leuchtet mir in die Augen und eine fremde Stimme fragt mich: „Junge, ist alles in Ordnung?"

Dunkelheit.

Kalle und Andy liegen immer noch auf meiner Motorhaube und lachen sich einen. Die zwei haben sich mit ihrem Joint so richtig die Lichter ausgeschossen. Das haste nun davon, Dennis. Mir ist kalt geworden und ich setze mich ins Auto, um Musik zu hören. Ich lege eine Kassette ein und aus den Lautsprechern tönt laut „Freitag Nacht" von den Onkelz.

Ich singe den Refrain mit:

„Freitag Nacht in Frankfurt – das ist wunderschön.

Freitag Nacht in Frankfurt – darf nie vorübergehn.

Freitag Nacht in Frankfurt – was kann schöner sein?

Freitag Nacht in Frankfurt!"

Dunkelheit.

Starkes Gepolter und ich sehe, wie die helle Decke mit ihren Leuchtstoffröhren über mir vorüberzieht. Kühler Nachtwind. Eine Laterne. Der Himmel. Ein dicht bewachsener Baum. Wieder starkes Gepolter. Ein Türrahmen. Grelles Licht. Neue, fremde Gesichter, die mich von oben herab anstarren. „Was genau ist passiert?", höre ich eine weitere fremde

Stimme fragen. Orientierungslos schaue ich nach rechts und links. Mir wird schwarz vor den Augen.
Dunkelheit.

Wir sitzen im Auto und trinken Cola. Kalle fragt: „Was geht'n noch heut Abend?" Andy antwortet: „Ich hab Hunger, lass uns zum Türken gehen, ich will 'nen Döner essen." Kein Wunder, dass die nach dem Joint fast am Verhungern sind. Ich fahre los.
Dunkelheit.

Wieder viele Gesichter um mich herum mit grünen Tüchern vorm Mund. „Was ist los?", frage ich, was sehr schmerzhaft ist. „Haben Sie Drogen genommen?", fragt mich wieder die Stimme, die ich irgendwo schon einmal gehört habe. „Was soll ich?"
„Haben Sie Drogen genommen, Alkohol getrunken?"
„Nein!"
„Sind Sie sicher?"
„Was?"
„Wissen Sie, wo Sie sind?" Und ich frage diesen Typen mit dem grünen Mundschutz: „Hast du Drogen genommen?"
Aber ohne mir eine Antwort auf meine Frage zu geben, stellt der Typ mir weitere Fragen: „Wie heißen Sie? Wie alt sind Sie? Wie fühlen Sie sich?", und was weiß ich noch alles. Der Typ fummelt mir im Gesicht herum und ich brülle: „Du dummes Arschloch, du tust mir weh!"
„Dieser Wichser", denke ich.
Dunkelheit.

Wir drei fahren zum „Game-Place" am Henninger-Turm. Wir wollen Billard spielen. Am Eingang kommt uns eine Meute von Typen entgegen und einer davon rempelt Kalle so unglücklich an, dass ihm der Rest seines Döners aus der Hand fällt. „He, Arschloch, pass doch auf – Scheiße – Pisser!" Ich selbst bin schon in der Vorhalle und rufe Kalle zu, dass er Ruhe geben soll. Ich hab keinen Bock, wegen so einem Scheißdöner einen Weltkrieg anzufangen. Der Typ und Kalle diskutieren an der Tür. Doch dann bekommt auch Kalle die Vernunft und kommt rein. Ich sage noch: „Na, Kalle, da haste dir aber einen Hübschen ausgesucht. Der sieht aus, als käme er gerade aus dem Knast. Ich muss mal aufs Klo. Holt ihr schon mal die Kugeln."
Dunkelheit.

Eine Frauenstimme versucht mich zu beruhigen. „Wir müssen die Knochensplitter aus Ihrer Nase entfernen, das kann etwas schmerzhaft sein. Sie haben eine offene Trümmerfraktur! Wir müssen versuchen, Ihre Nase zu richten, aber viel ist nicht mehr übrig. Sie hatten wirklich Glück, dass die Knochensplitter nicht tiefer feststecken. Sie haben mehrere Haarrisse am Jochbein und am Oberkiefer." Ich unterbreche sie: „Und ich, ich glaub, ich hab mir in die Hose gekackt!"
„Auch das noch, habt ihr gehört? Der hat die Hosen voll." Aber ich verstehe: „Seht euch den an, der hat sich in die Hosen geschissen." Oh, Scheiße. „Nee, nee, lass mal, das war ein Scherz, ich hab mir nicht in die Hosen gemacht."
„Sind Sie sicher?" Ich greife nach ihrer Hand und drücke sie, um der Frau zu verstehen zu geben, dass sie bitte nichts

unternehmen soll.
Dunkelheit.

Ich gehe zur Rezeption, wo die zwei schon auf mich warten. Sie erklären mir, dass es noch einen kleinen Augenblick dauern kann, weil die Tische noch alle belegt sind. Ich frage an der Rezeption, ob ich einen Tisch vorreservieren kann, und plötzlich werde ich zur Seite gestoßen. Ein Handgemenge zwischen Kalle und diesem Typen vom Eingang findet links neben mir statt. Ich gehe sofort dazwischen, will aber keinen Streit, sondern die Angelegenheit irgendwie friedlich regeln. In hohem Bogen fliegt mir Andy entgegen und landet auf meinen Füßen. Ich ziehe ihn zu mir hoch und gehe zu dem Typ mit Glatze und frage, was die ganze Show soll. Ohne einen Ton, aber mit einem Faustschlag mitten ins Gesicht bekomme ich eine Antwort auf seine Art. Ich schlage sofort mit der Rechten zurück und treffe nur leicht sein Kinn. Fast zeitgleich hole ich mit der linken Faust zum zweiten Schlag aus. Dabei werde ich von hinten gestoßen, sodass ich in die Arme des Typen falle. Mit einer Kopfnuss haut er mir mit voller Wucht gegen meine Stirn.
Dunkelheit.

Ich schiele auf meine Nase und sehe, wie die Ärzte mir eine Tamponage erst ins linke, dann ins rechte Nasenloch stopfen und oben am, na ja, nicht mehr vorhandenen Nasenbein herausziehen. Ich fange wieder fürchterlich an zu zittern und alles verschwimmt vor meinen Augen.
Dunkelheit.

Mist, hier kommst du nicht unblutig aus der Sache raus. Verdammte Scheiße, es werden immer mehr. Wo kommen die denn alle her? Ich bekomme einen Schlag auf meinen Hinterkopf. Ohne mich umzudrehen renne ich Richtung Bar und kämpfe mich durch die Menge. An der Bar will ich mir einen Hocker zur Verteidigung nehmen. Ich zerre an einem Barhocker, aber Pech ist, dass dieses Teil im Boden verankert ist. Als ich die Flucht über den Tresen machen will, stellt sich ein Depp von Kellner vor mich und versperrt mir den Weg. Ich drehe mich wieder um und vor mir stehen jetzt sieben Typen, die genauso scheißbrutal aussehen wie der, der mir eine eingeschenkt hat. Oh, Scheiße, wo sind nur Kalle und Andy, wo sind die nur? Plötzlich kommt mir einer im Kung-Fu-Sprung entgegen. Irgendwie sieht das total komisch aus und ich kann im letzten Augenblick noch seinen Fußtritt abwehren. Ich halte sein Bein und haue mit aller Kraft gegen sein Knie, dass es laut kracht. Ein anderer haut mir mit seiner Faust gegen den Kopf und durch einen Fußtritt in den Magen und einen weiteren in meine Eier sacke ich in die Knie. Drei weitere Faustschläge ins Gesicht strecken mich nieder. Stark benommen versuche ich mit letzter Kraft und voller Panik unter die Flipper-Automaten zu kriechen, um Schutz zu suchen. Die anderen aber ziehen mich an den Füßen zurück und drehen mich um. Am Boden liegend schaue ich zu den Typen hoch und sage: „Was wollt ihr denn noch? Lasst mich in Ruhe. Bitte, bitte! Scheiße! Was wollt ihr? Hilfe! Scheiße, lasst mich in Ruhe!", flehe ich die Typen um mich herum an. Einer von ihnen spuckt auf mich und unverhofft kommt der erste Fußtritt gegen meinen Kopf. Ich

halte schützend meine Arme und Hände vor das Gesicht und um meinen Kopf. Doch die bekomme ich sofort weggerissen und so eine fette Sau mit schmierigen langen Haaren setzt sich auf mich und stützt sich mit seinen schweren Knien auf meine Arme. „Warum hilft mir denn niemand?" Ich brülle wie verrückt um Hilfe, aber alle sind feige, keiner da, der mir helfen wird, noch nicht einmal einer. Ich schreie: „Kalle, Andy?" Ich komme mir vor wie eine Schildkröte, die auf dem Rücken liegt, absolut wehrlos. Jetzt fangen die Wichser an, mir abwechselnd gegen meinen Kopf zu treten. Tausend Hammerschläge treffen mich. Ich kann noch nicht einmal vor Schmerzen schreien, so schnell geht das. Mein Schädel wird durch die Fußtritte hin- und hergerissen. Dann knackt es furchtbar laut in meinem Kopf. Alles um mich herum bewegt sich auf einmal langsam und ich sehe den Typen mit Glatze zu mir herunterschauen. Er brüllt mir etwas zu, aber ich kann es nicht verstehen. Dann spuckt er auf mich und es hagelt weiter Tritte. Das einzige Geräusch, das ich jetzt noch wahrnehme, sind die Tritte gegen meinen Kopf und der typische Lärm von Bowlingkugeln, die auf die Bahn fallen und die Kegel umstoßen. Bei einem weiteren Fußtritt bricht meine Nase. Ich verspüre kaum noch einen Schmerz und mein Darm entleert sich.
Dunkelheit.

Viele Kabel, und ein eintöniges Piep-Piep-Piep-Piep-Piep-Piep ertönt furchtbar laut. Es öffnet sich ein Auge, das andere bleibt dunkel. In diesem Moment kommt eine Schwester ins Zimmer und fragt mich, wie es mir geht.

„Hallo Dennis, Sie sind wach?" Die Schwester kommt auf mich zu. „Sie befinden sich seit zwei Tagen auf der Intensivstation. Wenn Sie etwas brauchen, hier ist der Knopf. Glauben Sie, dass Sie das können?" Ich nicke. „Ich bin gleich wieder bei Ihnen." Die Schwester geht auf die andere Seite des Bettes und spricht weiter, aber ich höre nicht zu. Ich spüre, dass ich noch immer die voll gemachte Unterhose anhabe. Ich fange an zu weinen.
Dunkelheit.

Eine Frau sitzt neben mir und hält meinen Kopf. Hysterisch schreit sie: „Ist denn niemand hier, der mir helfen kann?"
Dunkelheit.

Ich singe den Refrain mit:
„Freitag Nacht in Frankfurt – das ist wunderschön.
Freitag Nacht in Frankfurt – darf nie vorübergehn.
Freitag Nacht in Frankfurt – was kann schöner sein?
Freitag Nacht in Frankfurt!"
Dunkelheit.

## 9

Zwei Typen kommen aus dem „Game-Place" auf mich und das Taxi zugerannt. *Nicht schon wieder! Nicht wieder diese Typen – so eine Scheiße! Erkenne aber beim genaueren Hinsehen, dass es nicht die Typen sind, die ich eben gefahren habe.* Trotzdem will ich so schnell wie möglich in meinen Wagen und rutsche über meinen Kofferraum zur Fahrertür. Gleichzeitig mit den anderen beiden springe ich in mein Auto. Voller Angst sitzen die zwei neben mir auf dem Beifahrersitz und schreien: „Los, fahr, fahr, gib Gas und faaaaaahr!" Dabei haut der eine immer wieder gegen das Armaturenbrett. Vor lauter Hektik würge ich den Motor ab. *Das ist zu viel, keine Ahnung, wann mir das das letzte Mal passiert ist,* und ich brülle, was das Zeug hält: „Habt ihr nicht mehr alle Tassen im Schrank?" Die zwei sitzen völlig zusammengekauert auf meinem Beifahrersitz. „Fahr, fahr! Verdammt, fahr doch endlich!", kreischt mich wieder einer der zwei an und *ich erkenne einen von denen, der zum Oldtimer gehört.* Ohne weiter darüber nachzudenken, drehe ich wieder meinen Zündschlüssel um und fahre mit quietschenden Reifen los. „Was ist denn passiert?", frage ich, nachdem ich den ersten

Schock überwunden habe. "Ruf die Bullen!" Immer wieder schaue ich während der Fahrt zu den zweien hinüber und sehe, dass einer der beiden aus der Nase blutet. "So schlimm wird's doch nicht sein?" Über Funk versuche ich die Polizei zu rufen. "Das ging alles so schnell!"

"Ja, und du Arsch musstest ja den Helden mit dem Döner spielen. Scheiße, wir müssen zurück. Kacke, wir haben Dennis alleine gelassen. Sie müssen drehen, wir müssen zurück."

"Bist du verrückt – vielleicht ist der schon tot! Du hast doch selbst gesehen, wie die auf den eingetreten haben."

"Du blödes Arschloch!" Das ist zu viel und ich muss die zwei beruhigen. "He, heee, jetzt ist aber gut, hier vorne an der Ecke ist die nächste Polizei ..." Doch dann prügelt der Junge mit der blutigen Nase auf seinen Freund ein. Ich versuche zu bremsen, dabei bekomme ich selbst einen Schlag voll ins Gesicht und ich verliere die Kontrolle über meinen Wagen und fahre mitten auf die befahrene Kreuzung. Im letzten Moment versuche ich noch das Lenkrad herumzureißen. Es kracht. In Zeitlupe überschlagen wir uns. Ich halte mein Lenkrad so fest, als wolle es mir jemand aus der Hand reißen. Einer der Jungs wird aus dem Wagen geschleudert. Mitten durch die Windschutzscheibe. Tausende von kleinen Glassplittern fliegen direkt auf mich zu, es sieht aus, als wäre es das Universum, das ich mit Lichtgeschwindigkeit durchquere. Alles steht Kopf und der andere Junge liegt an der Decke. Dann drehen wir uns wie im Karussell, bis wir wieder in einer fast normalen Lage sind, und der Typ haut mit seinem Kopf in den Fußraum. Sein lebloses Bein trifft mich *mit dem Knie mit voller Wucht am Kopf. Leicht benommen sehe ich die anderen Autos, deren Scheinwerfer und rote Rücklichter wie Fäden an mir vorüberziehen. Laternen, die plötzlich wie Wächter aussehen und nur darauf warten, mich zu beleuchten. Etwas blendet mich und ich sehe direkt in meinen Rückspiegel, der mich Kerstin sehen lässt, wie sie nach mir ruft. Ich kann es aber nicht hören, nicht verstehen, was sie sagt. Dann fängt sie an, mir zuzuwinken. Ich will aufstehen, aber ich kann nicht, möchte zu ihr, aber ich sitze hier fest. Ich greife automatisch an meinen Gurt, um mich zu lösen, aber die Kraft der Drehungen lässt es nicht zu. Ich zerre daran, ich will zu ihr, ich habe sie lange genug allein gelassen. Ich will hier raus. Ich fange an zu brüllen: „Lass mich zu ihr, verdammt, ich will zu ihr." Ich will zu Sophie. An dem Tag, als ich wusste, dass es dich geben wird, da war plötzlich alles anders. Du hast mir Glücklichkeit und Freude beschert – das Gefühl von Achtung und Liebe bekam eine neue Bedeutung in meinem Leben. Wie hilflos du doch warst und noch immer bist. Wie stark dein Vertrauen in mich war – gut, dir blieb ja auch nichts anderes übrig. Oh ja, da hattest du keine Chance. Aber du brauchtest auch nichts zu fürchten. Ich schaue in den Spiegel und blicke in ihr Gesicht. Kannst du dich noch daran erinnern, als ich sauer auf dich gewesen bin? Den Grund dafür habe ich vergessen, das ist auch nicht so wichtig. Wichtig ist, dass du zu mir unter Tränen gesagt hast, ich hätte dich nicht mehr lieb. Nein, du hast gewinselt und geschluchzt. Unter Tränen und mit zitternder Stimme hast du schluchzend gesagt: „Papi, Papi, du, du hast mich nicht, nicht mehr liiiieb!" Ohne einen Ton zu sagen, verließ ich dein Zimmer und schlug die Tür hinter mir zu. Ich wollte nicht, dass du siehst, wie ich weine. Du kannst dir nicht vorstellen, wie fertig ich gewesen bin. Wie verletzt ich war. Auch heute, viele Jahre danach. In derselben Nacht ging ich wieder zu dir und kuschelte mich an deine Seite. Deine Nase war verklebt, genauso wie deine Augen. Vorsichtig strich ich mit einem Taschentuch über dein Gesicht und machte es sauber. Ich küsste dich auf die Wange und auf deine geschlossenen Äuglein. Noch einmal schluchztest du im Schlaf und dann hast du mich umarmt und fest gedrückt. Ich umarmte dich ebenfalls, und so schlief ich dann auch bei dir ein. Das Drehen nimmt kein Ende, ich will hier raus! Gib mir bitte nur diese eine Chance. Lass mich zu ihr. Plötzlich sehe ich diesen Mann, wie ich auf ihn zurutsche, ich kann nicht gegenlenken. Zu spät bemerkt der Typ was gerade passiert, er versucht wegzurennen. Ein dumpfer Schlag gegen die Karosserie, dann ein zweiter irgendwo hinten. Der Wagen kommt zum Stehen. Ich muss mich übergeben. Langsam krieche ich aus dem Wageninneren, ein Wunder, dass ich das überlebt habe. Wie besoffen halte ich mich an einem Rad fest, als mich eine Frau anspricht, die mir bekannt vorkommt. Sie ist schwanger und fragt, was passiert sei. Ich stehe nur so da und schüttele den Kopf. „Muss hier weg", schießt es mir durch den Kopf. Zu meiner Frau. Ich schaue, um mich herum ein absolutes Chaos, Sirenen sind von weitem zu hören. Leute, die ich noch nie zuvor gesehen habe, fragen mich, wie es mir geht. Ich winke ab und laufe los, so schnell ich kann. Will ins Krankenhaus zu meiner Frau. Ohne jede Vorwarnung sticht es an meinem Kopf. Ich greife danach und fühle, dass ich*

*an der Stirn blute. An einem Schaufenster bleibe ich stehen
und schaue mein Spiegelbild an. Alles okay, bis auf die Stelle
oberhalb der Schläfe. Das muss der Tritt gewesen sein. Ich
gehe weiter.*

*Nur noch wenige Meter bis zum Krankenhaus.*

*Am Nachtschalter frage ich, ob ich noch kurz zu meiner Frau
gehen könnte, aber der Herr hinter der Theke sagt mir, dass
das heute nicht mehr möglich sei. „Kann ich sonst etwas für
Sie tun?", fragt er mich und ich bitte ihn, mir ein Taxi zu
bestellen. Nach gut zehn Minuten ist es da. Es ist wie immer
dasselbe Ritual. „Wo wollen Sie hin?", und man fährt mit
belanglosem Geplänkel fort. Es sind Unterhaltungen über
das Wetter oder über Politik, aber die meisten wollen einfach
nur reden. Den Jungen, der fährt, kenne ich selbst nicht. Wird
neu sein. Über das Mikro höre ich eine vertraute Stimme. Es
ist eine Vermisstenmeldung, sie suchen mich. Ich hätte mich
unerlaubt von einem Unfallort entfernt und von mir fehle jede
Spur. Ich muss grinsen, finde es irgendwie komisch, aber das
interessiert mich nicht, will jetzt nur noch nach Hause – um
zu schlafen. „... he, wir sind bei Ihnen, hallo!" Langsam öffne
ich meine Augen. Mein Kopf schmerzt. „Muss eingeschlafen
sein. Sind wir schon da?" Der Taxifahrer nickt. „Was kostet
es?" Der Junge zeigt auf die Uhr und sagt: „Genau 20
Euro." Ich hole mein Portemonnaie hervor und gebe ihm
30. „Der Rest ist für Sie!" Ich verabschiede mich. Einen
Augenblick bleibe ich auf der Straße stehen und schaue dem
Taxi hinterher, bis ich es nicht mehr sehen kann. Langsam
gehe ich an meine Wohnungstür und währenddessen suche
ich nach meinem Haustürschlüssel. Wobei ich feststellen*

*muss, dass mein Schlüssel noch im Wagen sein muss. Ein letztes Mal fühle ich meine Taschen ab. „So ein Mist! Das darf doch nicht wahr sein!" Vor Wut haue ich gegen die Tür. „Scheiße, das darf doch nicht wahr sein!" Schlage mehrmals gegen die Klingel! „Mist, Mist, Mist! So eine Scheiße!" Mit dem Rücken zur Tür und mit meinem Hinterkopf klopfend stehe ich da. Nicht jetzt, bitte nicht jetzt. Mit meinen Händen raufe ich mir durchs Haar. Ziehe daran, bis es schmerzt. Mit einem letzten Tritt gegen die Tür öffnet sie sich nach innen und vor mir steht eine mir nicht unbekannte Frau. Sie zittert, hat ein Nachthemd an und in ihrer rechten Hand hält sie eine Axt. „Mami, du?" Was macht die denn hier? „Solltest du nicht besser im Krankenhaus sein?" Verängstigt geht sie langsam zurück. „Komm mir nicht zu nah, Joe! Ich warne dich!" Ihre Stimme bebt, als sie das zu mir sagt. „Ach, Mami, musst keine Angst haben, ich will dich nicht – du weißt, was ich meine, Mami." Ich gehe ihr ein Stück entgegen und beobachte ihre Augen und ihren Mund. „Du hast Angst, das gefällt mir, Mami. Warum bist du hier? Klüger wäre es, du wärst im Krankenhaus, aber jetzt, wo du schon hier bist, können wir spielen. Ja, ein wenig spielen." Mit meinem Handrücken wische ich mir über meinen Mund. „Du hättest wenigstens ein paar schönere Sachen anziehen können. Ich hatte heute ein paar Schönheiten im Wagen. Das kann ich dir sagen." Kerstin bleibt stehen und schreit mich an. „Warum hast du die nicht gefickt – gefickt, gefickt, gefickt?" Wieder wische ich mir über meinen Mund. „Ganz einfach, die waren nicht mein Typ, verstehst du?" Als ich das sage, wedelt sie mir mit ihrer Axt vor der Nase rum. Diese Szene erinnert*

*mich an „Shining", an diese hässliche Olivia, keine Ahnung,*
*wie ihr Name im Film ist. Die sieht nur aus wie die Frau von*
*Popeye. Wie sie rückwärts mit einem Baseballschläger in*
*der Hand vor Jack Nicholson die Treppen hochstolpert. Ich*
*muss lachen. „Nicht dein Typ, du Schwein! Und sie war dein*
*Typ – Sophie! Du Schwein, sie war 14 und deine Tochter!"*
*Sie schlägt nach mir und ich kann rechtzeitig zu Seite*
*springen. „Kerstin, wie bist du hierher gekommen?" Ich*
*muss sie ablenken. Gehe einen Schritt auf sie zu und ich*
*versuche nach ihr zu greifen. „Mami, du hast meine Frage*
*nicht beantwortet. Wie bist du hierher gekommen?" Aber sie*
*will nicht darauf eingehen. „Komm mir nicht zu nah! Ich*
*bring dich um – Schwein." Sie ist sehr geschickt, versucht*
*mich in die Ecke zu treiben. Wieder schlägt sie nach mir.*
*„Mami, Mami. Wie bist du hierher gekommen?" Und*
*sie antwortet mir sehr knapp: „Wie du! Und du wirst mir*
*nicht entkommen. Heute Nacht werde ich dich töten." Das*
*sagt sie in einem Ton, der so selbstbewusst ist, dass mir*
*unwohl wird. „Du bist mit dem Taxi gekommen?" Nochmals*
*schlägt sie nach mir und ich überlege, ob ich nicht einfach*
*auf Kerstin zurennen und sie damit überwältigen soll. Mit*
*einem Schrei gehe ich blitzartig auf sie zu und mit meinem*
*linken Arm wehre ich ihren Schlag ab. Der Holzstiel trifft*
*mich so stark, dass es fürchterlich laut in meinem Unterarm*
*kracht. Alles passiert so schnell, dass ich ihr sofort mit*
*der rechten Faust ins Gesicht schlage, wobei sie zu Boden*
*geht. Vor Schmerz halte ich meinen linken Arm. „Scheiße,*
*gebrochen!" Gekrümmt liegt sie mir zu Füßen. „Wie war*
*das, du willst mich töten?" Und ich muss lachen, dann trete*

*ihr in die Seite und gegen ihre Brust. Sie stöhnt auf und ihr Atem ist laut. Ich beuge mich zu ihr runter, ziehe ihren Kopf zu mir und flüstere Kerstin ins Ohr: „Mami – weißt du was, so hat sich Sophie auch angehört. Es hat ihr gefallen, glaub mir! Du wirst es nicht verstehen, aber sie war nun mal mein Fleisch und Blut. Sie gehörte mir!" Dabei streiche ich ihr wie bei einem Hund über ihren Kopf. „Joe, du bist tot!" In diesem Moment packt sie mir mit aller Kraft an die Eier und drückt zu. Ich erschrecke und falle nach hinten um, aber vor Entzücken vergesse ich alles um mich herum. Meine Erektion ist so groß, dass ich hoffe, sie drückt noch fester zu. Ich will mich vollständig vor ihr entladen. „Kerstin, das ist gut, mach weiter!", flehe ich sie fast schon an. „Mach weiter, es ist gut!" Dann reißt sie an meinem Schwanz und drückt fester zu, als ich es gedacht hätte. „Das ist wirklich gut, mach weiter! Ja, Mami, drück zu, das ist gut, gut, gut, guuut!" Ich komme. „Jaaaaaa! Mami, das war echt gut!" In meiner Hose zuckt es und ich hoffe, dass es nicht so schnell aufhört. „Perfekt!" Dann schreit sie mir irgendetwas ins Gesicht, dem ich keine Beachtung schenke. Sie liegt fast auf mir und trommelt auf mich ein und schreit weiter, doch plötzlich spüre ich einen heißen Schmerz an meinem Oberschenkel, dann einen zweiten unterhalb der Rippen. Mit einem lauten Schrei sehe ich die Axt auf meinen Bauch zusausen. Ich drehe mich zur Seite und höre, wie das Eisen in den Boden einschlägt. Ich schaue aus dem Fenster und sehe die Straßenbeleuchtung, es blendet, und ich kneife meine Augen zusammen. Hinter mir höre ich Kerstins Stimme: „Johannes", so nennt sie mich nur, wenn ich ihr ganz genau zuhören soll, „jetzt bist* *du genau da, wo ich dich haben wollte, das wird dein Ende sein."* Als sie das sagt, drehe ich mich zu ihr um. In ihrem hässlichen Nachthemd und mit dem kahl geschorenen Kopf sieht sie trotzdem sehr gut aus, genauso wie Sophie. „Bring es hinter dich und schlag zu. Mach schon!" Ich huste und in meinem Kopf fängt es an zu brummen „Kerstin, das war der beste Orgasmus, den ich je mit dir hatte!" Sie hebt die Arme. Licht, das durchs Fenster scheint, lässt das Eisen kurz aufblitzen. „Hannes, du widerst mich an!" Sie fängt an zu weinen, schluchzt und mit einem lauten Schrei holt sie aus und die Axt rast auf meinen Kopf zu.*

*Ich schließe die Augen!*

**Schlaflied**

Ich öffne meine Augen.

Alles um mich herum ist verschwommen. Die Sonne scheint durchs Fenster und blendet mich. Mein Hals ist trocken, ich würde jetzt gern was trinken. Langsam wird um mich herum alles schärfer. Ich kann erkennen, dass ich wieder hier bin. Ich schaue zum Nachttisch und die Digitalanzeige der Uhr zeigt mir, dass es 8:17 Uhr ist. Die Tür öffnet sich und eine Schwester, begleitet von zwei Herren in Uniform, kommt an mein Bett. „Frau Wiegand, hören Sie mich?" Ich nicke. „Ich muss Sie kurz stören, hier sind zwei Herren von der Polizei, die Sie sprechen möchten. Glauben Sie, dass Sie das können?" Ich nicke ihr wieder zu. Einer der beiden Polizisten kommt an mein Bett und nimmt seinen Hut ab, den er wippend vor sich hält. Er beugt sich zu mir runter. „Frau Wiegand, können Sie mich verstehen?" Ich nicke. „Ihr Mann hatte gestern einen Unfall." Und ich nicke. Er schaut zu seinem Kollegen und dann wieder zu mir. „Ihr Mann ist dabei tödlich verunglückt. Es tut mir Leid!" Er schaut zur Schwester und nickt ihr zu, wobei sie ihm auch zunickt. Und ich denke, jetzt haben wir alle ganz viel genickt, und hole tief Luft. Tränen laufen aus meinen Augen über Wange und Mund. Was würde ich dafür geben, wenn die mich jetzt abschnallen würden und ich mir meine Tränen selbst abwischen könnte. Die Schwester fordert die Herren auf, das Zimmer zu verlassen. „Bitte haben Sie Verständnis, Sie müssen jetzt gehen!" Die Polizisten verabschieden sich. Die Schwester kommt zurück ans Bett und fragt mich, ob ich etwas brauche. Dabei versuche ich ihr klar zu machen, dass sie meine Gurte abmachen soll, was sie auch anstandslos macht. Die Schwester gibt mir, ohne etwas zu sagen, ein Taschentuch und ich wische mir die Tränen aus meinem Gesicht. Dann bitte ich sie, mir etwas zu trinken zu geben. Aus Sicherheitsgründen bekommt man nur Plastikbecher. Der erste Schluck schmerzt ein wenig, aber es tut gut, obwohl es fürchterlich schmeckt. Ich winke ihr zu und bitte sie, näher zu kommen. So nah, dass ich ihr ins Ohr flüstern kann. „Ich hab's geschafft, hab ihn erledigt!" Und ich lache. „Frau Wiegand, bitte beruhigen Sie sich", höre ich die Schwester zu mir sagen, worauf ich lauter lachen muss. Man könnte glauben, ich hätte sie nicht mehr alle. Sie fängt an, hektisch umherzulaufen, spricht mit mir, aber ich verstehe sie nicht. Ich lache so stark, dass mir die Augen tränen. Dann spüre ich einen festen Ruck und das kalte Leder an meinen Handgelenken lässt mich kurz verstummen. Ich will meine Tränen aus den Augen wischen „Machen Sie mich los!", rufe ich nach ihr und zerre an der Schnalle. „Bitte beruhigen Sie sich!"

„Was, ich bin doch ganz ruhig!"

„Nein, das Ganze ist zu viel für Sie, Sie müssen sich

beruhigen." Das darf doch alles nicht wahr sein. „Verdammt, ich bin ruhig. Und machen Sie die Dinger ab." Ich schaue ihr nach. „Was machen Sie da?", frage ich Sie. „He, was machen Sie da?" Mit meinem Hinterkopf schlage ich gegen das Kissen „Machen Sie mich los, verdammt!" Und dann spüre ich einen stechenden, brennenden Schmerz im Arm. „Sie bescheuerte Kuh, Sie bescheuerte Kuh!", kreische ich sie an „Warum machen Sie das?" Die Schwester greift nach meinen Augenlidern, zieht sie hoch, leuchtet mir mit einer kleinen Taschenlampe, oder was auch immer das ist, hinein und dann sagt sie: „Gleich wird es Ihnen besser gehen." Die Situation ist so komisch, dass ich wieder lachen muss, und meine Augenlieder fangen an zu zucken.

Ich schlafe ein!

## Dankeschön!

An Silvi, die Frau die bei fast allen Projekten Erstleserin gewesen ist und beim lesen von „... heute schon Tod!" echt Leid tat. Anette, wenn ich dich nicht hätte ;-), dann hätte ich auch keine andere. Niemanden die mir so direkt sagt was ich gerade für einen Mist geschrieben habe. „... Schreib das um! Das rafft keiner. Lösch das, das und das ist Scheiße!" Direkter geht es nicht. Aber auch witzige Konversationen über „sind das jetzt Nippel oder Brustwarzen? Beißen oder Reisen?" Diese Nippel Geschichte war wirklich köstlich, wenn uns einer zugehört hätte, die glaubten prompt, wir bräuchten dringend einen Arzt. (Für die, die jetzt nicht wissen was damit gemeint ist „... heute schon Tod!" musste auf Wunsch von BoD umgeschrieben werden. Wer also die Urfassung nachlesen möchte kann unter http://www.e3v.de nachschauen.)

Der liebe Bodo duscht seit „der Unbekannten" morgens etwas länger als erlaubt (Kommentar von Bodo zu „Die Unbekannte"). Ute wollte mehr davon. Angie schämte sich beim lesen und Schmolly wollte wissen wo er das Schuhgeschäft finden kann – wie Ralf. „Hallo Ralf!"

*Miri brauchte Taschentücher beim lesen von „die fünfte Sternschnuppe". Ein weiterer Dank geht an Mira die zum Schluss das Komplette Manuskript lesen musste um es auf den Kopf zu stellen. Die Süße liest gerade ein neues Manuskript wovon ich befürchte, dass das nie veröffentlicht werden kann. ;-) Dann an Thorsten für die tollen Cover-Aufnahmen und den Spaß den wir beim Fotografieren hatten und dafür das er immer ein offenes Ohr für meine Ideen und Spinnereien hat.*

*Ein besonderer Dank geht an Eddy und die „Böhsen Onkelz", die mir es ermöglichten den Refrain von „Freitag Nacht" in der gleichnamigen Episode zu verwenden (Der Refrain ist absolut wertfrei zu sehen und hat nichts mit der Gesamtgeschichte zu tun). Hierzu möchte ich mich ebenfalls bei Annette S. bedanken die mir den Kontakt zur Band möglich machte.*

*Noch einer geht an den Schreibkreis: Nicole (besonders für Ihre wundervollen Kommentare und E-Mails die begeistern), Mo, Marc und Bernhard. Für Konstruktive Kritik und dafür das sie immer Zeit für allerlei Plots und Romanideen haben.*

*Weitere Dankeschöns gehen an: Dani, David, Daniel, Sandra, Eva, Kerstin (die ExtremSchnellLeserin), Wolfgang (Wolle), Angie, Daniela, Connie, Lukas, Streiti, Rupert, Johanna, Juli, Schorschi & Anja, Stefan B., Sandra P., Stefan W., Erika, die Nickels & Jason, Kraftis und das Team von BoD.*

*Letztlich ein Absolut-Spezieller-Gruß: Silke, Olaf, Martina, Mom, Manny, Alex & Herby.*